MALDITO CORAÇÃO

MALDITO CORAÇÃO
JT LeRoy

Tradução
SANTIAGO NAZARIAN

MALDITO CORAÇÃO

Título original: *The heart is deceitful above all things*
Copyright © 2001 by JT LeRoy

1ª edição – Fevereiro de 2006

Editor & Publisher
Luiz Fernando Emediato

Diretor Editorial
Jiro Takahashi

Tradução
Santiago Nazarian

Capa
Silvana Mattievich

Diagramação
Eloah Cristina Asevedo Passos da Cunha

Produção gráfica e editorial
Fernanda Emediato

Revisão
Josias Aparecido de Andrade
Cristina Miyahara

Dados Internacionais de Catalogação (CIP)
(Câmara Brasileira do Livro, SP, Brasil)

Leroy, J.T., 1980 –
Maldito coração / JT Leroy ;
tradução Santiago Nazarian.
— São Paulo : Geração Editorial, 2006.

Título original: The heart is deceitful above all things
ISBN: 85-7509-138-7

1. Ficção norte-americana I. Título.

06-0075   CDD-813

Índices para Catálogo Sistemático:
1. Ficção : Literatura norte-americana 813

Todos os direitos reservados
GERAÇÃO DE COMUNICAÇÃO INTEGRADA COMERCIAL LTDA.
Rua Prof. João Arruda, 285 – 05012-000 – São Paulo – SP – Brasil
Tel.: (11) 3872-0984 – Fax: (11) 3871-5777

GERAÇÃO NA Internet
www.geracaobooks.com.br
geracao@geracaobooks.com.br

2006
Impresso no Brasil
Printed in Brazil

Para Dr. Terrence Owens

Para Sarah

Para Gus

Meu coração para Patti Sillivan

SUMÁRIO

Desaparecimentos 11

Maldito Coração 45

Na Caixa de Brinquedos 50

A Tolice Mora no Coração da Criança 55

Lagartixas 70

Baby Doll 103

Carvão 137

Viva Las Vegas 173

Meteoros 180

Rua Natoma 196

DESAPARECIMENTOS

Seus longos e proeminentes dentes escapam de um sorriso, como os de um cão mastim. Seus olhos têm uma aparência alienada, entusiasmada e louca. A senhora que o segura, agachada até minha altura, tem um sorriso largo demais. Ela se parece com a minha babá, sem o aparelho; tem as mesmas longas tranças loiras que começam em algum lugar dentro da sua cabeça. Ela balança o Pernalonga na minha cara, fazendo a cenoura que ele segura sacudir como uma faca. Eu espero que algum dos assistentes sociais diga a ela que não posso assistir o Pernalonga.
– Veja o que a mamãe trouxe pra você – eu escuto.
Mamãe. Digo isso suavemente, como uma palavra mágica que você só usa quando está muito perdido.
– Bem aqui, querido – a mulher com o coelho diz. Ela sorri ainda mais, olhando para os três assistentes sociais, acenando com a cabeça para eles. Suas cabeças inclinadas sorriem de volta. Ela sacode o coelho de novo.
– Sou sua mamãe – vejo seus brilhantes lábios vermelhos e posso provar a palavra, metálica e azeda em sua boca. E desejo tanto que Ela, a verdadeira, venha me resgatar.
Olho para aqueles rostos vazios e lá do fundo eu grito e grito para que Ela me salve.

Assim que voltamos para o minúsculo bangalô, eu me jogo no chão, chutando e gritando por minha mãe verdadeira.

Ela me ignora e prepara o jantar.

– Olha só, espaguete – diz. Eu não me mexo. Adormeço no chão. Acordo numa cama estreita com o Pernalonga ao meu lado. E grito.

Ela me mostra os poucos brinquedos que me comprou. Eu tenho mais e melhores na minha casa verdadeira. Jogo os dela pela janela.

Uma das assistentes sociais aparece, e eu choro tão forte que vomito nos sapatos azuis-marinho dela.

– Ele vai se acostumar, Sarah – eu a escuto dizer à minha nova mãe.
– Agüente firme, querida. – A assistente diz e toca meu ombro.

De almoço, ela me dá manteiga de amendoim e geléia num pão com casca. Minha mãe verdadeira tira a casca. Eu arremesso o prato de plástico do Mickey Mouse para fora da mesa.

Ela dá a volta, com a mão levantada num punho. Eu grito, ela congela, o punho sacudindo, um metro do meu peito.

Olhamos um para o outro, respirando profundamente. E algo acontece entre nós, o rosto dela se fecha. Não sei o que é exatamente.

Quando eu começo a soluçar, ela pega sua jaqueta jeans e parte. Eu nunca estive sozinho antes, nem mesmo por cinco minutos, mas sei que algo mudou, algo está diferente, e eu não grito.

Eu corro para a cama, me enrolo bem firme, e espero que tudo mude.

O toque agudo do telefone me acorda. Está escuro sem a luzinha de dinossauro que eu costumava ter.

– Obrigado, telefonista, funciona. – Eu a escuto dizer baixinho. Então, quase gritando – Alô? ... Alô? ... Sim, Jeremiah está aqui...

Meu coração começa a acelerar.

– Jeremiah, querido, você está acordado? – Ela me chama, sua silhueta me assombrando pela porta parcialmente aberta.

DESAPARECIMENTOS

– Mamãe? – Eu grito, empurrando os lençóis.

– Sim, querido, são seus pais adotivos. – Eu corro até ela e o telefone.

– Sim, ele está aqui. – Eu me estico até o telefone, com todos meus músculos.

– O quê? Oh... – Ela franze a testa. Eu pulo sem parar, me esforçando.

– Mau? ... Bem, ele não foi muito mau.... – Ela vira as costas para mim, o fio preto do telefone se enrola nela.

– Mamãe! – Eu grito e puxo o fio do telefone.

– Sim... Entendo. – Ela diz, assentindo, ficando ainda mais longe de mim. – Oh, foi por isso? Ok, vou dizer a ele.

– Me dá... Mamãe! – Eu grito e puxo o fio com força.

– Então você não quer falar com ele?

– Papai! – Eu grito, e puxo com força. O telefone escapa da mão dela, salta no ar, atinge o linóleo e escorrega para baixo da mesa. Gira como uma garrafa, com a parte da boca para cima. Eu vôo até ele, deslizando como papai me ensinou quando a gente jogou *whiffleball*[1]. Assim que meus dedos tocam o plástico fosco preto do telefone, ele escapa e voa debaixo da mesa, para longe de mim.

– Peguei! – Eu a escuto arfar. – Alô? ... Sim! Sim! Ele fez isso... Porra, sim, vou dizer a ele.

Eu me viro e saio de baixo da mesa.

– Ok, obrigada – ela sorri ao telefone.

– Não! – meus pés escorregam, me deixando caído de barriga pra baixo.

– Adeus – em câmera lenta ela rodopia como uma bailarina, um sorriso largo em seu rosto.

– Não!

Seus braços se levantam no ar, o fio em espiral balança à minha frente. Tento agarrá-lo, ela puxa a mão para trás e não consigo pegar nada.

---

[1] *Whiffleball:* jogo com bola e bastão, semelhante ao *baseball.*

– Mamãe! – eu grito e vejo o telefone sendo colocado no gancho, na mesinha de plástico ao lado do sofá.

Eu me arrasto até o telefone e o agarro.

– Mamãe, mamãe, papai! – eu grito.

– Eles desligaram. – Ela diz. Senta-se do outro lado do sofá e acende um cigarro, suas pernas nuas encostadas no peito, saindo de baixo de sua grande camiseta branca.

Mesmo ouvindo o sinal de ocupado, continuo chamando por eles. Aperto o telefone na minha orelha o mais forte que consigo, para o caso deles estarem lá, além do sinal do telefone, me chamando como vozes perdidas numa tempestade de neve.

– Eles se foram – ela diz, soltando fumaça do cigarro. – Quer saber o que disseram?

– Alô? Alô? – Eu falo mais baixo.

– Eles não queriam falar com você.

– Alô? – Eu me afasto dela e me enrolo no fio.

– Eu disse que eles não queriam falar com você.

– Oh, oh – suspiro. Me enrolo mais e o telefone escorrega da minha mão, batendo no linóleo

– Não derrube meu telefone! – Ela se levanta rapidamente e pega o telefone aos meus pés.

– Você não vai mais ficar derrubando coisas – ela diz e desenrola o fio do meu corpo, puxando-o violentamente do meu pijama do Superman, como um chicote.

Ela desliga o telefone e volta ao sofá, cruzando as pernas. Então se vira para me olhar.

– Eu passei por muita coisa para pegar você de volta, e você vai me agradecer, você, seu merdinha.

Um suspiro forte me escapa, um soluço silencioso. Estou além do choro normal.

Quando Mamãe e Papai saem sem mim, me deixando com Cathy, a babá, eu sempre choro um pouquinho. Às vezes eu até grito e me deito no chão de madeira perto da porta da frente, sentindo o restinho do cheiro de perfume que minha mãe deixou. Mas sempre paro de chorar, lembrando dos presentinhos especiais deixados na última gaveta, por eu ser um bom menino crescido. Cathy e eu assistimos o vídeo The Rainbow Brite e ela lê três livros para mim; quando eu acordo, eles já voltaram. Mamãe e Papai sempre voltam aos seus postos. – Nós sempre voltamos – eles me dizem.

– Quer saber o que disseram sobre você? - Escuto ela tragando forte no cigarro. Olho o enorme besouro correndo embaixo do sofá perto do pé dela. Digo que não com a cabeça, me viro e volto para a cama.

Pego o Pernalonga debaixo da cama onde o joguei, enlaço minhas mãos nele por debaixo do cobertor e, entre soluços, cochicho em sua enorme orelha.

– Quando você acordar, eles estarão de volta, estarão de volta.

Essa foi a primeira noite em que me molhei. Acordei sentindo uma umidade fria sob meus cobertores, como se um ar-condicionado tivesse sido ligado em algum lugar abaixo de mim. Eu nunca tinha me molhado antes, diferentemente do Alex, meu melhor amigo da pré-escola, quando eu morava com meus pais verdadeiros. Quando ele dormiu em casa, minha mãe teve de colocar uma coberta especial de plástico, sob meus lençóis espaciais.

– Ele tem acidentes - repeti para minha mãe enquanto a ajudava a esticar o opaco plástico branco por cima do colchão. – Eu não tenho —disse a ela.

– Não, você usa o vaso, como um menino grande. – Ela sorriu para mim e eu ri de alegria.

Eu tinha uma escada de girafa para subir na privada. Eu ficava alto como um gigante, abria eu mesmo a tampa e desaguava minha poderosa correnteza. Eu costumava colocar meus barcos de brinquedo na privada e pingava neles, fazendo-os afundar, até que minha mãe explicou que não era bom fazer isso, então passei a fazer isso no banho, fazer minhas lanchas e navios de guerra sofrerem sob minha rigorosa tempestade.

Quando Alex e eu deitávamos na cama para discutir quem tinha os maiores foguetes que iam mais rápido para a Lua, eu sentia orgulho toda vez que escutava aquele barulho de papel alumínio amassado dele se mexendo em seus lençóis, em contraste com o farfalhar macio do meu.

– Tudo bem – eu dizia para ele de manhã, batendo em seu ombro. – Foi só um acidente. Você vai usar a girafa um dia também.

Tiro o cobertor e o lençol com cuidado e olho para a umidade, minha umidade. O Pernalonga ri de mim, sua bochecha felpuda molhada e esfarrapada.

Me sento devagar e olho para o quarto amarelo brilhante ao meu redor. Eu tinha dinossauros pintados por todas as minhas antigas paredes. Aqui, pendurado, há um pôster de um grande palhaço, carrancudo, talvez chorando, segurando uma flor murcha.

– Olhe para o palhaço, olhe para o palhaço, ele não é engraçado?! – Minha nova mãe diz. Eu concordo, mas não sorrio. No meu antigo quarto, mamãe costumava reclamar. – Não há espaço para tantos brinquedos. – Dois caixotes azuis de leite, um ao lado do outro, guardam todas as minhas roupas e brinquedos agora, e não estão nem metade cheios.

Eu fico lá, encostado na cama, olhando para tudo aquilo: a mancha escura de umidade no meu pijama vermelho do Superman, o linóleo com estampa laranja irregular e cheio de bolhas como se pequenas tartarugas morassem embaixo dele, o troço marrom desbotado como queijo nos cantos do teto, os livros de ABC que eu já superei faz seis meses mergulhados nos caixotes.

E sei que não vou chorar. Sei que não é possível. Tiro a roupa rapidamente e repito para mim mesmo tudo o que preciso vestir.

DESAPARECIMENTOS

Mergulho no caixote: uma camiseta, dois braços, uma cueca, duas pernas, uma calça, duas pernas, duas meias, dois pés. Meus velhos tênis. Coloco aqueles que eu posso pôr e tirar sozinho, com aquela coisa grudenta, não os dela, que ela me deu, que você tem de amarrar. Dois tênis, dois pés.

– Você se vestiu! – ela diria.

– Sozinho – eu contaria a ela e ganharia uma estrela na minha tabelinha. Vinte estrelas e eu ganharia um carrinho. Eu tinha quase cem deles.

Vou à sala em silêncio. Ela dorme no sofá, enrolada num cobertor felpudo com o desenho de um leão. Latas vazias e cigarros estão espalhados pelo chão e pela mesinha. A TV está ligada sem som, sem desenhos, só um homem falando.

Passo por ela na ponta dos pés, silenciosamente puxo uma cadeira em frente à porta, subo e, sem fazer barulho, abro a fechadura. Eu sei fazer, meu pai me ensinou para caso de incêndio ou de uma emergência, se eu precisasse sair.

Desço da cadeira, viro a maçaneta e puxo. A luz me faz fechar os olhos e o ar gelado me faz tremer, mas sei que tenho de ir, é uma emergência. Eu tenho de sair.

Ando bastante tempo, olhando para meus tênis, a única coisa familiar ao meu redor. Eu me concentro neles, andando rapidamente pela calçada rachada, cheia de musgo, tentando fugir dos bangalôs toscos, todos com entradas desabando de podres, com a tinta descascando como barro seco. Cachorros latem e uivam, alguns pássaros gorjeiam aqui e ali, a batida das portas dos carros me faz pular, com as pessoas chegando em casa ou saindo para trabalhar.

Uma enorme fábrica cinza paira à minha frente, como um castelo metálico flutuando em seus pulmões de fumaça amarelada. Eu pergunto aos meus tênis aonde ir. Eles são de casa. Como histórias sobre pombos-correio que eu adorava escutar, sei que eles me levarão de volta. Sobrevivo cruzando ruas sozinho pela primeira vez. Mesmo que os carros não estejam vindo, eu corro, com meu coração acelerado, esperando ser esmagado violentamente. Ando rápido, balançando as mãos como chocalhos para me manter em frente, como o motor de um trem me forçando a prosseguir, me impedindo de parar, me impedindo de me enrolar como uma bolinha para tentar acordar.

Passo pela fábrica de portão fechado, que ronca e explode tão alto que nem consigo escutar os passos do meu tênis no cascalho, conforme eu corro. Corro do dragão de metal que abre a boca, solta fumaça, tentando me engolir todinho. E então subo um monte, por um campo tão espesso, com grama marrom, que nem consigo ver meus tênis, mas sei que lá de cima verei minha casa, meu verdadeiro lar. Correrei pela porta, para os braços deles, e tudo ficará bem novamente.

Meu pé engancha num pneu semi-enterrado e eu caio. Meu queixo e mãos afundam na terra marrom-avermelhada.

Fico deitado ali, quietinho, surpreso demais para me mover. Levanto o queixo e vejo o mundo inclinado ao meu redor. O barro escuro se destaca e brilha sobre cacos de vidro multicoloridos, como se um vitral estivesse embaixo.

Um lento filete vermelho preenche o buraco que minhas mãos escorregadias fizeram; e a dor, perfurante e afiada, pára a minha respiração. Eu puxo minha mão e há escuros cortes úmidos nela. Minha camiseta branca recebe a gota vermelha do meu queixo.

E sei que eles vão se arrepender realmente agora. Eu me levanto e corro até o topo do morro. As lágrimas vêm e um pequeno grito, como um latido, lentamente aumenta de volume conforme eu me aproximo.

Bem além do morro está a casa com um grande gramado verde e balanços e escorregadores e meu castelo no fundo. Minha casa.

Irei esmurrar a porta e gritar, até que eles venham correndo, como eles fizeram quando eu caí do balanço e esfolei a testa. Mas não vou ficar quieto, não vou deixar eles beijarem para sarar. Vou gritar até que o telhado voe, até que todas as janelas se quebrem, até que eles mesmos se despedacem e explodam. Vou fazer eles se arrependerem.

Estou quase no topo do morro. Posso sentir o perfume do eucalipto na sala, próximo ao tic-tac do relógio de madeira que toca com um cuco colorido toda hora.

Eu grito e avanço para o topo.

A grama é alta e densa no topo do morro. Eu forço meu caminho através do mato. Vejo a beirada à frente, onde tudo começa a descer, para o quintal com cercas brancas. Vou mais devagar, meu fôlego rareando, minhas mãos fechadas em punhos molhados. Eu estico um braço trêmulo e afasto as últimas ervas que bloqueiam meu caminho para casa.

Irei deixá-los me cobrir de beijos. Irei deixá-los me abraçar forte e longamente. Irei deixá-los me dar chocolate quente e biscoitos, porque sou um menino muito corajoso.

Iria deixá-los, se a casa deles fosse lá embaixo, em vez de apertadas fileiras e fileiras de bangalôs podres.

Lá em cima, olhando as gastas e estragadas casas, eu entendo que o mundo de repente se tornou tão assustador, violento e de faz-de-conta como nos desenhos que eu não deveria assistir.

Quando Sarah entra na delegacia de tijolos, eu grito bem forte, tudo fica quieto, com exceção de seus saltos altos caminhando até mim.

Eu me agarro no oficial que me achou, que me mostrou como usar seu rádio, me comprou sorvete de chocolate e me deixou usar seu chapéu, depois que uma enfermeira limpou meus cortes.

– Sua mãe está aqui. – Ele se abaixa e tenta me empurrar até ela. Eles falam sobre mim e eu posso sentir o perfume forte dela, não como o cheiro limpo de lavanda da mamãe.

Eu me seguro mais forte e enterro meu rosto no macio tecido azul-escuro da calça dele.

– Achei que você queria ir para casa com sua mãe – ele diz, olhando para mim. Eu balanço a cabeça que não.

– Ele só está confuso – ela diz. Ela se agacha e cochicha no meu ouvido – Se você vier comigo agora, eu te levo pra sua mãe. – Eu me viro para olhá-la. Ela sorri, pisca pra mim e me oferece sua mão bronzeada e magra com longas unhas vermelhas.

Lentamente eu me solto da perna do policial e dou a ela minha mão, enrolada em gazes, melada de sorvete de chocolate, que parece sangue.

– Bom menino – o oficial toca na minha cabeça. Deixo minha mãe me levar pela delegacia de luzes fluorescentes, mas meu rosto está virado para o policial, vendo-o acenar e sorrir em despedida, como se eu soubesse que nunca mais veria a polícia sob aquela luz mágica e protetora.

Ela apenas balança a cabeça enquanto solta fumaça do cigarro pela janela, quando saímos de carro da delegacia.

– Me leve pra casa – repito seguidamente. Ela olha para frente. Passa a palma da mão em sua testa, num movimento pesado e lento, como se estivesse passando a ferro.

Logo, a rua torna-se familiar, os becos pichados e a grande fábrica de metal, com suas chaminés presas a ela como alças de prata. O pânico se instaura no meu peito, e eu me viro para ela em meu banco.

– Você disse que me levaria para casa! – seus lábios são mastigados por ela.

Eu esmurro o vidro.

– Me deixe sair! Me deixe sair!

– O carro dá uma guinada repentina para o acostamento, do lado oposto da fábrica. O espetacular som dos freios de emergência me lembram do meu pai chegando em nossa casa, e eu soluço. Ela segura o cigarro e assopra sua ponta vermelha e cheia de cinzas, até que brilhe como uma lâmpada à noite.

– Faz mal fumar - digo a ela sem fôlego. – Minha mamãe, minha mamãe disse isso.

DESAPARECIMENTOS

Ela olha para mim.

– É isso o que eles dizem? – ela fala como se estivesse cantando. Eu concordo com a cabeça. Saliva que eu não consigo engolir escorre da minha boca.

– Bem, vou ter de escrever um bilhete para agradecê-los muito, muito mesmo. – Ela traga forte no cigarro, então puxa o cinzeiro, apaga e solta uma nuvem de fumaça branca na minha cara.

– Isso satisfaz suas espe-ci-ficações? – Ela sorri de lábios fechados.

As lágrimas borbulham nos meus olhos, nublando tudo como um véu.

– Ok, ok. Agora, antes de você começar com lamúrias, vamos ter uma conversinha. – Ela se vira para mim, uma perna dobrada no longo banco entre nós. Eu pisco para minhas lágrimas, e o retrato clareia um pouco, mas outras estão vindo rápido demais.

– Vamos deixar claro. Eu sou sua mãe. Eu tive você. Veio bem daqui. – Ela puxa a saia jeans e apalpa a escuridão abaixo de sua meia-calça, entre suas pernas. Eu viro a cara, olho pela janela, para a fábrica nebulosa.

– Não, você vai me escutar! – Ela avança e puxa meu rosto para ela. Antes que eu possa chorar, ela diz rapidamente - Sua mamãe e seu papai querem que você me escute. Se você quer ir para casa deles, escute. – Eu engulo o choro e concordo.

– Vai escutar?

– Vou pra casa!

– Vai escutar? – Ela pega no meu queixo, me fazendo levantar o rosto. Eu concordo e balanço a cabeça para me livrar da mão. Soluço forte e sorvete de chocolate sai da minha boca e cai na minha camiseta.

– Jesus... – ela pega a barra da minha camiseta e limpa meu rosto, com força, não a limpeza suave que mamãe faz mesmo quando eu afasto meu rosto dela. Entretanto, dessa vez, eu não faço isso.

Enquanto esfrega minha cara, apertando meus lábios nos meus dentes, ela diz – Tive você quando estava com apenas catorze anos, não posso dizer que eu queria; não posso dizer que não fiz de tudo para perder você. – Ela cospe no meu queixo e esfrega com força, ignorando meu band-aid.

– Se meu pai tivesse deixado, você teria sido jogado há tempos descarga abaixo. Entende? – Eu concordo, mesmo sem entender. Soluço em silêncio, sugando meus lábios.

– Eles tiraram você de mim... malditos viados do serviço social.- Ela solta meu rosto e olha além de mim, para a fábrica. – Agora tenho dezoito anos... – Ela olha para mim, acena. – Peguei você de volta. – Bate na minha cabeça. – Viu? Você é meu.

– Me leve pra casa – eu suspiro.

– Você ouviu o que eu disse? – Grita. Ela se abaixa até a bolsa jeans e tira outro cigarro. Eu me viro para a janela.

– Me leve pra casa - digo mais alto.

– Eles não querem você. – Ela acende o isqueiro.

– Me leve pra casa! – Eu grito e bato no vidro.

– Seu maldito moleque mimado... – Agarra minha mão e a gira para ela. – Não me faça gritar com você.

Eu perco o fôlego e um pouco mais de sorvete de chocolate escapa. Ela segura meus braços para trás da minha cabeça, fuma o cigarro e solta a fumaça, com a cabeça balançando, como uma bexiga soltando ar.

– Eles disseram que se livraram de você porque você é mau... entendeu?

Eu tento abaixar meus braços, meu rosto vermelho e inchado. Ela se inclina mais perto, no meu ouvido.

– Seus pais adoti... sua mamãe e seu papai... – Ela puxa minhas bochechas com a outra mão e vira meu rosto para ela, o cigarro pendurado em seus lábios.

– Eles... merda! – O cigarro cai. – Merda! – Ela me solta. – Viu o que me fez fazer? – Ela se inclina para pegar o cigarro aceso e eu salto na porta, puxando o trinco.

DESAPARECIMENTOS

– Mamãe e Papai nunca mostraram a você como abrir um maldito carro? – Ela ri de mim. – Quer ir para casa? Muito bem, vou te levar, te levo de volta.

As chaves balançam na ignição e o freio apita novamente. O carro ronca abaixo de nós. Eu largo o trinco.

– Vá, vá para casa – eu chio.

– É, vamos pra porra da casa! – Ela abre o vidro e joga o cigarro para fora.

Ela dá a ré e pega o asfalto, dirigindo pela fábrica e pelas sujas e destruídas casas, sendo que uma dessa é a dela.

Eu me sento na poltrona, abatido, limpando a baba de chocolate da minha boca.

– Só estava tentando ajudá-lo - ela diz baixinho.

Eu olho os barracos abandonados, tomados pelas plantas e pela grama, como um museu exibindo um outro mundo.

– Meu palpite é que eles vão apenas chamar a polícia quando eu levar você de volta.

Passamos por crianças de rostos encardidos brincando num refrigerador tombado.

– A razão pela qual você está comigo, você sabe, é porque eles não querem mais você. – Eu me viro um pouco para ela.

– Eles me disseram, lembra, quando me ligaram na noite passada? – Ela ajusta o retrovisor. – Disseram que você é um menino mau e por isso eles te deram pra outra. Se eles te amassem tanto assim, bem, então por que teriam se livrado de você? Me responda isso.

Eu fungo e engulo uma bola de catarro.

– Descobriram como você é perverso, aqueles tiras... estavam prontos para se livrar de você. Se eu não tivesse implorado, eles iriam tirar suas pistolas e disparar em você. – Ela ajusta o retrovisor de novo, então passa os dedos nos olhos, limpando as manchas pretas.

– Eu ganhei sorvete - sussurro.

– Só porque eu os convenci a não matá-lo. – Ela olha para mim.

– Se eu não tivesse tirado você dos adotivos, seu papai e mamãe, onde acha que você estaria?

Eu engasgo num soluço. Ela bate nas minhas costas forte demais.

– Eles não tentaram impedir a assistente social de levar você embora, tentaram? – ela me pergunta suavemente. Vejo as montanhas subindo e caindo umas nas outras, pequenos chalés cinzas jogados entre elas, como comida entre dentes. Eles não tentaram impedir que o assistente social me levasse. Eles até se viraram correndo do carro, quando eu entrei. Quando eu gritava e batia no pára-brisa chamando-os, vi meu pai abraçar minha mãe, com os dois braços, sua cabeça no seu peito, e voltaram para a casa, nem se viraram.

– Quantas vezes você chorou e fez birra, como um bebê mimado, por não conseguir as coisas do seu jeito, hein?

Eu olho as nuvens, cinzas e pesadas demais para estarem flutuando além das montanhas. – Seja um bom menino e não chore pela Mamãe – ela disse várias vezes. Mesmo assim, eu geralmente acabava chorando.

– Por que você acha que a polícia te pegou quando você fugiu e não seus pais, não seu papai e mamãe, hein?

Vejo um cachorro amarelo perseguindo o que parece ser uma raposa de rabo comprido, através das moitas laranja-queimado perto da rua.

– Implorei para que os tiras não tirassem longas facas afiadas e enfiassem em seus olhos, para que saltassem como uvas.

Ela vai até a bolsa, pega e acende outro cigarro.

– Tive de pagar a eles também.

Ela pega a bolsa.

– Vê minha carteira aqui? ... vamos lá. – Ela bate no meu ombro, cinzas de cigarro caem na minha camiseta. Eu pego a bolsa dela.

– A carteira com o coração vermelho, abra. – Puxo o fecho de velcro; ela se estica e tira o dinheiro.

DESAPARECIMENTOS

– Conhece a cara de uma nota de cem dólares? – Ela me olha de relance. Eu aceno, meu Papai me mostrou, Ben Franklin e os falcões. Ela solta fumaça.

– Vê algum um-zero-zero aqui, garoto? – ela pergunta com o cigarro balançando na boca.

Eu balanço a cabeça e engulo um soluço.

– Não está aí, certo? ... Hein? ... Me responda, querido, não tenho a vida toda.

– Não - eu murmuro. Sua mão de unhas vermelhas aperta a carteira. – Bem, você é que disse, garoto, nada de um-zero-zero, teve sua prova. Sabe quem pegou o um-zero-zero? Hein? – Ela tira o olho do trânsito e se vira para mim enquanto fecha a carteira de coração rosa. Eu respiro fundo tentando sentir o cheiro de couro mofado da carteira do papai. Coloco minha mão na carteira dela, mas não é como o couro macio aquecido pelo bolso de trás dele.

– Sai fora! – Sua mão bate na minha. – Ladrãozinho, tentando pegar tudo. Melhor que você não tenha tirado nada.

Eu pisco para ela, confuso demais para chorar. Ela joga a carteira na bolsa a seus pés.

– Viu por si mesmo? Nenhum maldito um-zero-zero. Então adivinhe quem pegou? – Ela me cutuca com o cotovelo. Eu olho pela janela

– Os tiras, o policial, ele pegou, tive de dar tudo a ele, aquele um-zero-zero... – Ela me empurra de leve. – Está escutando? Tive de pagá-los para não encherem você de porrada e colocá-lo na cadeira elétrica.

Vi a cadeira elétrica num desses desenhos que eu não deveria assistir. Um gato ficou preso numa, amarrado, e a chave foi ligada. Seu esqueleto brilhou, seus olhos pularam para fora, e depois, ele se tornou apenas uma pilha de cinzas.

– Fiz um favor em pegar você... então a escolha é sua.. podemos ir à polícia e te entregar. Se eu levá-lo para seus pais adotivos, eles simplesmente vão chamar a polícia e você será preso.

Estou com cólicas. Tudo parece estranhamente aceso e claro demais sob um céu verde-pasto. As nuvens nem estão mais tentando sair das montanhas, estão muito pesadas e escuras, batendo nos picos sem árvores.

– Se eu não tivesse te buscado quando busquei, você estaria pendurado numa cruz. Ensinaram a você sobre Jesus?

Aceno que sim. Quando eu ficava na casa da minha babá Cathy. Vi um retrato Dele. Estava quase pelado, com pregos, numa cruz, e se eu mexesse minha cabeça para frente e para trás, seu sangue jorrava, sua cabeça inclinava-se mais e seus olhos se fechavam, então abriam, olhando de forma acusativa.

– A polícia vai pregar você na cruz, se não te puserem na cadeira. – Ela cospe no cigarro, coloca atrás da orelha e se estica, pega minha mão e a coloca em seu colo. Eu a vejo pressionando sua longa unha vermelha na minha palma machucada.

– Eles colocam o prego aqui. – Ela aperta mais forte. Minha mão se fecha em volta do dedo dela, mas não tento puxá-la.

– Sua mãe e seu pai vão martelar outro prego bem aqui... – Ela solta minha mão, levanta minha camiseta e pressiona sua longa unha entre minhas costelas. Ela enfia e gira a unha.

Minha cabeça treme, pensando em todo o sangue Dele jorrando, esvaziando-o, até que tudo despenca como ondas e envolve a grande casa branca com meus pais dentro e os leva embora para sempre.

– Quero ficar com você – sussurro.

– Bem, não estamos longe da delegacia... eles vão ficar feliz em pegá-lo novamente.

Eu engulo alto, sentindo a mão dela no meu pescoço, apertando.

– Quero ficar com você – sussurro novamente.

– O que você disse? – Suas unhas raspam de leve na minha pele.

Quando perguntei à Cathy por que Ele estava daquele jeito, ela disse que era porque Ele me amava e porque eu era um pecador. Jesus morreu assim, sofrendo por mim.

DESAPARECIMENTOS

– Nada de polícia...

– Não quer que eu leve você para seus pais adotivos?

Respondo de leve com a cabeça que não.

– É bom que você aprenda boas maneiras, guri... Se não, eu te entrego. – Sua unha escorrega para minha garganta, até debaixo do meu queixo, levantando meu rosto para ela.

– Senhora, você diz, entendeu? Você me chama de senhora, você diz obrigado, você diz por favor... você foi estúpido com seus pais adotivos e eles se livraram de você. Você é estúpido comigo, a gente vai direto pra polícia, ouviu?

Evito seus olhos, olhando através dela para as nuvens escuras.

– Senhora. – eu repito, igual ao jeito que a empregada cor-de-café chama minha mamãe.

– Sim, senhora, por favor, me deixa ficar com a senhora, obrigado. É isso o que você quer dizer?

Engulo em seco na minha garganta esticada, como uma cobra digerindo um rato.

– Senhora... Minha voz rateia. – Obrigado, por favor, nada de polícia...

Ela tira a unha e minha cabeça abaixa um pouco.

– Então, se você chorar por seus pais adotivos de novo, vamos direto para a polícia, entendeu?

Concordo com a cabeça, olhando vagamente para as àrvores que balançam ao vento. Sua mão passa rapidamente e bate em cima da minha cabeça, empurrando-me de encontro ao assento.

– Se perco tempo e energia e gasto meu fôlego conversando com você, você poderia fazer a porra da delicadeza de me responder.

Eu não a entendo, então concordo com a cabeça novamente, chupando meus lábios para que eles parem de tremer, e experimento o líquido salgado que escorre do meu nariz.

O punho dela bate no meu ombro, me jogando para um canto do assento.

– Você responda quando eu falar com você – ela diz alto, mas de forma calma, acima de mim.

Eu fico abaixado no assento, meu estômago provocando um terrível tremor que se espalha por meu corpo todo. Um soluço alto preenche o carro.

– Não ouse chorar! – A mão dela busca o meu cabelo. – Já tive o bastante dos seus choros pelo resto da vida. – Ela puxa minha cabeça pelo cabelo e então me faz olhar para ela. Seus olhos cintilam como esmalte azul brilhante, sua boca se torna um semi-sorriso.

– Se você voltar a chorar, não vou te dar apenas um motivo real para isso... – ela balança minha cabeça – vou te levar direto para seus pais adotivos e assistir enquanto eles e os tiras pregam você, tacam fogo e te cortam em pedaços, enquanto todos se divertem e riem e cospem em você. Entendeu?

Uma buzina nos atinge; ela solta meu cabelo e dá uma guinada de volta para seu lado da rua. O outro carro continua buzinando quando a gente passa.

– Jesus! – Ela tira o cigarro de trás da orelha.

O clique em seu isqueiro soa estranho no repentino silêncio do interior do carro.

Houve muitas vezes em que eu chorei quando não precisava, quando eu tropeçava levemente ou algo assim, mas eu reclamava do mesmo jeito, bem alto, para que eles soubessem que eu havia me machucado e para puni-los por deixarem eu me machucar, antes de tudo.

Eles não estão aqui para vir correndo e, se estivessem, não iriam apenas andar na direção oposta enquanto me mandassem embora de novo. Desta vez eles ririam e cuspiriam e fariam comigo o que eu fiz com Jesus. Diriam que sou um menino mau e eu os veria arrancando da minha tabelinha todas as minhas estrelas.

Sinto minhas lágrimas cortadas, paradas em algum lugar abaixo da garganta. Engulo com força e as mando embora.

DESAPARECIMENTOS

– Então, devo voltar para nossa casa, garoto? - Ela traga algumas vezes. Começo a responder com a cabeça, mas paro.

– Sim, por favor, senhora. Obrigado. – Digo claramente.

– Muito bem! – Ela bate forte na minha cabeça. – Bem, ainda vou transformá-lo num bom menino... Agora só temos de nos certificar de que nem os tiras, ninguém mais o pegue antes disso.

Ela fecha o vidro quando os primeiros pingos pesados de chuva caem pelo lado dela. O carro se enche da sua fumaça e ela toca em minha perna suavemente.

– Sabe, só temos um ao outro de agora em diante, entende? Lutei por você. Vai ter de lutar por mim. Sou tudo o que você tem.
– Ela sorri.

E eu vejo o grande quintal com a casa branca com o quarto de paredes cheias de dinossauros e cama de carros de corrida e prateleiras de brinquedos e tabelinhas com estrelas e uma mamãe e um papai sorridentes, vejo tudo isso se fechar como um mapa de postos de gasolina, e eu o enterro e o escondo como um mapa do tesouro.

O carro desacelera um pouco, pneus cantando, quando ela vira no topo da rua negra. Eu olho o céu tempestuoso, escuro como um hematoma, nos seguindo bem atrás.

Temos de partir, de fazer as malas imediatamente e ir. O relógio digital na calculadora Formica mostra 3:47 da manhã. Fico em frente a ela, esfregando os olhos. Ela atende o telefone; eram eles novamente, meus pais. Ligaram quase toda noite da última semana, desde que cheguei aqui. Eu não choro mais, nem puxo o telefone. Na noite passada, nem pulei da cama quando o telefone tocou. Só saí da cama porque ela me chamou. Esperei com o dedo na boca, o Pernalonga no meu peito, enquanto ela acenava e balançava a cabeça enquanto escutava e repetia todas as coisas ruins que eu havia feito e como eles queriam que eu fosse pra cadeia. Não pedi para falar com eles. Esperei até que ela desligasse, esperei para ver o que ela decidiria.

– Eles realmente querem que eu o devolva. – Ela batia no telefone. Eu aperto meu rosto na pelúcia do coelho, ele tem cheiro de saliva e mijo.

– Mas nós somos um time, certo? - Ela dá um gole numa cerveja ao lado do telefone. Eu apoio meu peso numa perna e na outra.

– Enquanto eu trabalhava, você fez tudo o que eu pedi, não fez? – Ela arranca a rede preta de seu cabelo preso e tira o broche com o nome Sarah e um rosto sorridente do seu vestido rosa.

Digo que sim com a cabeça. Fiz para mim um sanduíche de creme de amendoim e geléia, lavei os pratos de pé numa cadeira ao lado da pia, do jeito que ela ensinou. Não deixei ninguém entrar, e fui para cama às oito da noite, como ela mandou.

– Todas as luzes estavam acesas – ela disse, acendendo o cigarro. – Tenho de pagar pela eletricidade. Vê algum filhinho de papai aqui? – Ela olha pela sala, então senta-se no sofá, cruzando os pés na mesinha de centro. – Você acha que eu gosto de lidar com caminhoneiros chapados a noite inteira? Deixando-os passar a mão na minha bunda por suas míseras gorjetas? – Ela chuta uma lata vazia da mesa até mim, traga profundamente e solta fumaça pelo nariz. – Então, dá pra ficar queimando minha grana?

Eu balanço a cabeça e olho para seus tênis, brancos encardidos com cadarços prateados.

– Nenhum assistente social apareceu, certo?

– Não – eu murmuro.

– Atenção! – Ela se inclina.

– Não, senhora.

– Você não atendeu o telefone, certo?

Eu balanço a cabeça dizendo que não, então acrescento rapidamente.

– Não, senhora.

– Quando eles voltarem, o que você vai dizer? – O pé dela bate no chão.

DESAPARECIMENTOS

– Que quando você trabalha, eu fico com uma babá. – Penso em Cathy e em adormecer ouvindo-a conversar e rir ao telefone.

– Pois eles só estão testando você. Resposta errada e vai direto pra cadeia, ouviu? – Ela derruba outra lata vazia com o pé.

– Sim – eu sussurro.

– Você é tão mimado e nem sabe. Bem, está tudo acabado. Estou cheia das suas merdas, garoto! – Ela enfia a mão no bolso da saia e tira algumas notas amassadas. – Quinze dólares, ok? Quinze! Que porra vou fazer pra te alimentar com essa merda? – Ela chuta o dinheiro pra fora da mesa. – Maldito moleque mimado. – Ela se inclina, colocando as mãos em volta da cabeça. Eu fico lá, vendo sua espinha tremer como água agitada pela brisa, ouvindo os pequenos suspiros que ela solta. Levanta a cabeça, com os olhos manchados de tinta preta. – Vá para a porra da cama! – grita.

– Temos de ir, temos de sair dessa porra. – Há sacos de lixo parcialmente cheios no chão da cozinha. Ela desliga o relógio e coloca lá dentro.

– Vista-se... vá, rápido! – Ela balança o braço para mim. Eu entro no quarto, acendo a luz e tiro todas as minhas roupas dos caixotes de leite. São todas roupas que já usei. Não tenho meu próprio cesto aqui. Quando digo a ela que todas as minhas roupas estão sujas e mostro a pilha, ela diz que ela veste todas suas roupas até que estejam andando sozinhas, então eu também posso. Me sinto confortado pelo cheiro de poeira das roupas quando eu as visto.

– Malditos assistentes sociais que me dizem o que fazer – escuto ela reclamar. – Babacas limitados, fodam-se, fodam-se... vamos sair daqui, garoto!

Ela entra no meu quarto com um grande saco de lixo preto.

– Arrume.– Ela abre e joga minhas roupas dentro, então me passa, para eu fazer. Ela começa a tirar os cobertores da cama. – Puta merda, você mijou de novo! – Ela tira a roupa de cama e joga no saco. – Eu te disse, você vai dormir nisso aí até aprender a usar a maldita privada! Jesus! – Ela termina de encher o saco de lixo e sai do quarto. Escuto-a xingando e enfiando coisas em sacos enquanto eu coloco o resto das roupas em cima dos cobertores.

– Vamos nos divertir! – ela grita.

– Vou te levar para a Disney World. Vou arrumar emprego como uma personagem, eu daria uma boa princesa ou algo assim. Você poderá ficar lá o tempo todo, gosta do Mickey Mouse, não gosta? Será melhor por lá, você vai ver... Vou te dar tanta porra de brinquedos que seus pais adotivos vão parecer malditos pobretões.

Eu a vejo jogando coisas pelo quarto. – Vou tomar conta do meu guri.... fodam-se eles! – Algo bate na parede e quebra. – Fodam-se.

Tudo foi enfiado no carro. Sacos plásticos estão no porta-malas, no banco de trás e embaixo do meu pé.

– Não é divertido? – ela me pergunta enquanto abre uma cerveja.

– Sim – eu suspiro e bocejo, olhando para o céu escuro, desbotado e denso. Ela sai pela rodovia cheia de buracos e pelas ruas pichadas. Insetos e poeira passam pelos faróis, colidindo como meteoros.

– Você é meu. Que se fodam eles, me dizendo o que fazer. – Luzes amarelas das varandas passam por nós. – Pagar uma maldita babá, quatro dólares a hora, eu mal consigo isso em gorjetas quando a coisa está devagar. Fodam-se. – Ela bate no painel e eu dou um pulo.

– Temos duzentos dólares esperando por nós quando amanhecer. – Ela sorri para o pára-brisa, então vira-se para mim com um olhar malicioso. – Sabe quem nos mandou esse dinheiro? – Eu não respondo. – Não vai acreditar em quem nos mandou esses duzentos. – Ela ri.

– A única coisa que seu avô odeia mais do que um pecador não arrependido, como eu... – ela toca em seu peito – é a porcaria do governo dizendo às pessoas o que fazer com suas próprias vidas, dinheiro e crianças. – Ela ri mais alto. – E, Senhor, ele odeia os assistentes sociais. – O céu parece cada vez mais escuro, não mais claro, ou talvez seja apenas as montanhas se erguendo ao nosso redor.

– Uma delas tentou entrar na casa dele, alguém fez alguma reclamação dizendo que meu irmão, Noah, foi chicoteado... Bem, depois que ele terminou de falar com a mulher, ele doou o dinheiro da igreja para... bem... – Ela balança a mão como se estivesse muito quente. – Ela, a assistente, não apenas foi demitida, mas caras do governo, não convidados, chegaram às terras dele de novo. – Ela ri alto, tem de descansar a cabeça na direção por alguns segundos.

Um fraco filete de luz azul risca o céu à nossa frente. Meus avós, avós adotivos, vivem no norte, e no Natal eles me trazem tantos doces que minha mamãe, mamãe adotiva, pega e esconde.

– Como você acha que eu peguei você de volta, querido? - Ela estica a mão para bagunçar meu cabelo e eu dou um salto. – Assistentes sociais ligando para ele, pedindo para ele assinar os papéis, como se você fosse um cachorrinho, apenas doando você para que uns pecadores perdidos pudessem adotá-lo, roubá-lo para sempre. – Ela procura no bolso da jaqueta dinheiro para o cigarro.

– Ele estaria fodido se deixasse o governo sugar seu sangue... – O cigarro pendurado em sua boca. – Me arrumou um advogado, pagou pelas minhas roupas, gastou mais com você agora do que quando eu te pari, ele não pagava nem uma fralda, filho-da-puta muquirana. – Ela penteia o cabelo para trás com os dedos. – Ele disse que se tivesse de chamar a droga da Polícia da Montanha, ele chamaria. Claro que não chamou, seria uma porra de um sinal se o tivesse feito, desgraçado fodido. – Ela coloca o cigarro atrás da orelha.

– Me sinto bem, porra. – Ela se inclina e bate na minha cabeça de novo, um pouco forte demais. – Somos um bom time... eu e você... ninguém pega o que é meu. – Eu bocejo de repente. Ela procura em outro bolso. – Cansado? Não fique cansado, preciso da sua companhia... olha aqui. – Ela me passa um porta-pílulas. – Abra...

tome cuidado. – Eu abro para encontrar pequenas pílulas azuis. – Pegue uma... não, não, ok, pegue uma e morda metade.

– É remédio? – Eu mexo nas pílulas. São iguais as do armário trancado, acima da geladeira na minha casa antiga, não como as grandes e mastigáveis que eu tomo.

– Sim, é remédio... Então, faça o que a Mamãe diz, morda metade. – Eu levo uma para a boca e mordo. A pílula inteira esmigalha na minha boca, com um gosto azedo e de giz. Minha língua vai pra fora.

– Não! Engula! Engula! – A mão dela tapa minha boca. Eu provo sua palma, salgada e seca. Sua voz aumenta. – Engula agora, desgraçado! – Eu puxo minha língua pra dentro, forçando a pílula a escorregar pela garganta e engulo. Ela aperta a mão com força nos meus lábios. – Engoliu? – Aceno que sim. – Não derrube essas pílulas. – Eu as seguro com cuidado na minha mão. – Vou tomar uma também, decidi. – Ela solta minha boca e pega as pílulas, jogando uma na boca antes de fechar o porta-pílulas e guardá-lo no bolso.

– Bem, agora você se sentirá bem. – Ela sorri e bate na minha cabeça de novo.

– Viu, eu cuido de você, falam que não cuido; quando eu tinha catorze talvez eu não cuidasse direito de você, mas naquele tempo você berrava a ponto de deixar um agricultor de feijão mexicano louco. – Ela tira o cigarro de trás da orelha e coloca na boca.

– Você estava possuído... – Ela esfrega o meu ombro e sorri de forma estranha. Seus olhos azuis estão cercados de vermelho, como sombra de maquiagem.

– O que eu devia ter feito, de qualquer forma? Você falava a língua do diabo no meio da noite, você começava com aquela voz de Satã... Jesus teve de curar você, não a igreja dele, claro; viu, ele não queria nada com você naquele tempo, você não era neto dele ainda, né?

Eu bocejo novamente e sinto meus olhos pesados. Queria que meu Pernalonga não estivesse no porta-malas.

DESAPARECIMENTOS

– Ah, você não tomou a pílula? – Aceno que sim.

– Tomou?

– Sim, senhora. – Bocejo de novo.

– Ok, tudo bem. Temos uma longa estrada pela frente e estou fazendo isso por você, por você, então não vá me deixar.... – Ela se inclina em cima de mim e me sacode com força. – Espere, espere, logo acontecerá! – Grita na minha orelha.

Posso ver o desenho das árvores pela montanha, contra o céu azul escuro. Meus olhos começam a se fechar.

– Pare com isso! – Ela tira meu dedo da minha boca. Eu tinha parado de chupar o dedo há um ano e consegui uma grande estrela na minha tabelinha. Mas eu a vi quando acordei de manhã; estava encolhida no sofá, os cobertores enrolados em seus pés, o dedo bem dentro da boca. Isso me fez rir, apesar de eu não dizer nada.

– Foi rápido... – Eu salto acordado, o céu de um profundo violeta e o sangue vibrando alto demais em minhas orelhas.

– Não está mais cansado, né? – Olho em volta, incerto de onde estou. Sinto o pânico surgindo, o mesmo de quando eles me deixaram, me mandaram embora.

– Você parece um coelhinho assustado. Te disse para só tomar metade. Vai aprender a me ouvir... – As palavras dela vêm rápido demais e passam baixinho perto do zumbido nas minhas orelhas. – Logo vamos conseguir muita grana... não se preocupe, seu avô nunca vai deixar seus pais adotivos te pegarem de volta. Fodam-se os assistentes, tentando me dizer... – A voz dela torna-se alta na imitação – "Talvez ele estivesse melhor com eles.." Fodam-se. Se tentarem te pegar de volta, seu avô vai acabar com eles de novo!

– Eles me querem de volta? – Eu digo alto, meu corpo tremendo.

– O quê? Inferno, não... não... – Ela bate na direção. – Lembra do telefonema, aquele, há algumas horas? – Eu aceno e não consigo parar. – Bem, aquele foi o telefonema, eles todos morreram. Seus pais adotivos estão mortinhos da silva. – Bate em minha cabeça com força de novo. – Os tiras os mataram... por causa de você... foi por isso que tivemos de partir. Então é melhor você não falar com tiras ou assistentes sociais, ninguém... ou seremos mortos, fatiados... – Ela imita o fatiar com as mãos.

Eu me abraço. Minha pele está descascando e logo vou sair de dentro dela. Arranho meu corpo para ajudar a pele interior a sair.

– O que você está fazendo?

Eu grito mais alto do que o zumbido na minha cabeça.

– Estou me libertando! – E vejo claros e frescos raios de sol perfurarem a minha carne.

Um pequeno filete de luz escapa do céu escuro. Me sento em cobertores empilhados e mantenho os olhos na grande porta do bar. Caminhões e carros velhos chegam e partem ao lado do nosso. Não está chovendo, mas trovões próximos cortam o som dos grilos e da jukebox.

Eu costumava correr para a cama deles e ela levantava o cobertor como uma tenda e eu escalava o corpo dela, quente e macio como massa de pão, para o espaço vazio entre eles e os trovões nos atacavam. Meus pais adotivos, porra de adotivos, como Sarah os chama.

A porta se abre e um homem cambaleando com chapéu de cowboy, se apoiando pesadamente numa mulherzinha amarelada, pisa na terra úmida.

– Pra onde foi o maldito carro? – Ele grita, empurra a moça e cambaleia para trás do clube.

Vejo a porta de novo. Sarah entrou para usar o banheiro faz algum tempo, quando ainda estava claro. Agora já está escuro faz um tempinho.

– Não se mexa – ela me disse, e não me mexi. Olho para a porta, esperando por ela, e olho a estrada, esperando os tiras.

– Se enquanto eu estiver lá no banheiro, você vir algum deles, se abaixe e se esconda.

DESAPARECIMENTOS

Os tiras já quase me pegaram uma vez. Estávamos parados no acostamento, eu dormia no banco de trás, ela estava na frente com o banco deitado.

– Moça, está bem, moça? – Eu a escuto pular. A lanterna sobre meu cobertor passa pela minha cabeça e me faz sentir como se eu estivesse me escondendo num lago profundo, respirando pelos raios do sol que penetram. – Bem, estou bem, apenas um pouco tonta, senhor.

– Não queria assustá-la, mas não pode acampar aqui, moça. Precisa de ajuda, moça? – A voz dele era suave como a dos garotos que apareciam para cortar o gramado dos meus adotivos, porra de adotivos.

– Não, não... só estou indo pra Flórida, sabe, alguns ficam um pouco cansados... – Suas chaves chacoalham e viram na ignição

– Desculpe, moça, há um motel baratinho logo em frente...

– Oh, vou dar uma olhada. – O carro se movimenta levemente. – Bem, obrigada, seu guarda.

– Sim, moça, tenha uma boa viagem.

O carro volta para a estrada.

– Certo, certo, até... – Sua mão acena em adeus. – Filho da puta – ela murmura.

– Está acordado? – Sua mão tateia no banco de trás. – Se eu acordo, você acorda – ela diz e puxa o meu cobertor.

Levanto a cabeça cuidadosamente.

– Fez bem em ficar abaixado, eles iriam te levar. E terminaria assim.

A porta do carro abre e uma risada alta me acorda.

– Não dá para esperar até chegarmos na sua casa?

– Uma florzinha como você, ah, não dá para deixar murchar nas minhas mãos.

Fico quieto no banco de trás.

Enquanto eles arrumam os assentos, eu levanto a cabeça ligeiramente. Um grande chapéu de cowboy com um homem embaixo está onde ela deveria estar, dirigindo. Eles têm cheiro de cigarro e das cervejas que ela bebe.

– Eu afastei os moleques de você com nada além de um mata-moscas e uma espingarda, meu doce. Peguei você pra mim.

– Eles fugiram todos como lebres quando você me trouxe aquele Jack com ginger.

– Sabia que iriam. – Ele bufa. A escuridão da estrada inunda o carro.

– Deixe-me dar uma olhadinha, mocinha.

– É tudo o que você terá por enquanto.

Alheio às suas risadas, eu adormeço.

A campainha na pequena casa cinza brilha laranja, como o olho aceso de uma abóbora de Halloween. Um pequeno e agudo toque soa.

- Desgraça – um homem diz por trás da porta. Os grilos, que se silenciaram brevemente com meus passos do carro até a porta, ao me confundir com o perigo, agora cantam ainda mais forte. Eu me aproximo mais da porta e toco de novo.

– Quem?! – a voz masculina grita de dentro.

– Eu – sussurro, sem ter certeza do que fazer. Ela disse para eu nunca dizer meu nome.

– Selma?

– Eu. – Os grilos ficam quietos um pouco, para escutar ou porque há algo lá fora maior do que eu.

– Quem é, desgraça?!

Estico minha mão e arranho a porta de madeira, como meu cachorro fazia quando queria entrar de volta.

A porta se abre com um solavanco e eu olho para o homem, nu exceto por seu chapéu de cowboy, que não está em sua cabeça, mas tapando suas partes baixas. A luz dentro é fraca e pisca.

– Venha, Luther... volte pra cama.

DESAPARECIMENTOS

– Tem uma criança aqui - ele diz por cima do meu ombro. – Você é menino ou menina? – Bate na minha cabeça. Eu olho para um buraco no topo do chapéu de cowboy e não digo nada.

– Criança? Oh, merda! – Eu a escuto dizer, então o som de cobertas sendo jogadas.

– O quê? – ele pergunta, mas entra.

Ela aparece na porta, enrolada num lençol como um fantasma. Meu coração se contrai.

– Mamãe - eu começo a dizer, mas paro. "Sarah", ela me disse para chamá-la assim. – Não estou velha e gasta o suficiente para ser Mamãe, exceto em frente aos assistentes sociais, daí eu sou Mamãe. Entendeu?

Mas desde que fugimos da lei que me persegue, eu não posso ser eu mesmo e ela não pode ser ela, e eu não me lembro de quem somos.

– Jesus, eu me esqueci!

– Que por... – ele olha para ela...

– Não franza a testa, Luther, ou sua cara vai ficar para sempre assim.

Ela vem até mim, pega meu braço e me traz para dentro. Uma cama preenche o quarto, com os lençóis bagunçados, as listras azuis de presidiário do colchão estão visíveis.

– É meu irmão... Estou cuidando dele.

– O quê? Ele estava no carro o tempo todo? – O quarto tem um cheiro azedo, como suor e peido.

– Não, não, alguém deixou ele aí.

– Quem? – Ele fecha a porta batendo. A vela treme pelo estrondo. Ele acende a luz.

– Maldição, você é algo, baby. – Ele tira o chapéu da frente, põe na cabeça e anda pelado até o banheiro.

Olho para meus pés, perdidos no tapete felpudo de lã verde. A porta do banheiro é batida.

– Ele não será problema – ela grita por cima de seu ombro.

O som de mijo e depois uma descarga respondem a ela.

Ela anda até o banheiro e entra, fechando a porta.

– Eu poderia ter ido para casa com qualquer cowboy aí, mas escolhi você. Agora você quer me devolver. Vou contar pra todo mundo que um menino de quatro anos espantou você da melhor xoxotinha que você já teve a chance de pegar!

Olho o pôster na porta do banheiro: uma garota ajoelhada, a boca dela no troço de um homem, sem nenhum chapéu de cowboy na frente.

Eles discutem. Há outros pôsteres nas paredes, todas as garotas têm cabelo amarelo como a Sarah, e estão todas peladas.

Ela sai ainda enrolada em lençol; ele a segue enrolado numa toalha. Não dizem nada. Ela entra na pequena cozinha, onde eu o escuto abrir a geladeira. Ela pega alguns travesseiros e um cobertor da cama e entra no banheiro.

Eu o observo, através de uma pequena janela na parede da cozinha, prepara frango.

– Com fome? – pergunta a ela, abrindo o microondas. Minha boca de repente fica cheia d'água.

– Nah. O chilli dog que você me deu ainda está conversando comigo.

– Ok. – Ele fecha a porta do microondas e aperta botões que tocam.

Não digo nada.

Aprendi sobre gula. Não comeria os sanduíches que ela fazia, Spam em pão amanhecido. Nós parávamos no acostamento para comer. Eu mantinha meus lábios fechados enquanto ela empurrava o sanduíche na minha boca.

Quando era jantar, ela pegava hambúrguer com batatas fritas num drive-thru.

– Você comeu seu sanduíche agora, não comeu? – Eu a vi comer e não toquei no sanduíche numa embalagem plástica no meu colo. Quando ela estava dormindo, abri os biscoitos de chocolate escondidos embaixo da jaqueta dela, no banco de trás. Comi todos.

Ela acordou e viu as migalhas e o pacote vazio no meu pé. Abriu a porta do carro e enfiou o dedo na minha garganta até que os biscoitos voltaram.

Esses são meus, porco guloso. Roube de mim novamente e veja o que acontece.

– Johnny, venha aqui! – ela grita do banheiro.

Ela não está falando comigo, então não me mexo.

– Venha aqui!

O cheiro de frango frito invade o quarto. Ela sai do banheiro.

– Ei. – Ela me sacode. – Está surdo?... Venha aqui. – Eu a sigo até o banheiro. Ela fecha a porta.

– Você é Johnny, se lembra? Eu sou Monique. Pegou? – Eu concordo. Há mais pôsteres na parede. Uma garota tem cabelo marrom.

– Você vai dormir aqui. – Ela aponta para a banheira. Alguns travesseiros forram o piso e por cima há o cobertor.

– Entre aí... – Subo na banheira. É baixa o suficiente para eu entrar com facilidade. Fico de pé nos travesseiros, olhando para ela.

O lençol ainda está enrolado nela, como um vestido. Sei que ela tem tudo o que as garotas nos pôsteres têm. Eu a vi se trocando no carro.

– Tire os sapatos. Quer ir embora? – Eu balanço a cabeça, sento nos travesseiros e puxo meus tênis. Tenho de fazer xixi, mas não consigo com todas essas meninas nas paredes olhando, observando com sorrisos vagos em poses como cobras.

– Johnny, ok, lembre-se, Monique, Johnny. – Ela aponta para si e depois para mim.

Desliga a luz.

– Boa noite.

Fecha a porta. Eu olho em volta. Toco meus olhos para ter certeza de que estão abertos. Uma fina linha em volta da porta brilha amarela, e eu escuto risadas abafadas e conversa. Logo, a luz em volta da porta desaparece e suas vozes se tornam gemidos e sussurros.

Puxo o cobertor para cima de mim para tapar o som. Sei o que ele está fazendo com ela, sabia tudo o que ele faria e não digo nada. Não a avisei.

Eu me deito na banheira, fechando meus olhos com força contra todos os olhos azuis das paredes olhando no escuro.

Eu a escuto gritar. Eu devia sair e fazer algo. Puxo o cobertor sobre minhas orelhas.

Quando eu acordar, ela terá partido, e haverá um novo pôster na parede.

Ela grita de novo, e eu sei que será ela na parede, como as outras, congelada e presa para sempre, olhando e me odiando por tê-la esquecido.

– O único jeito do seu irmão aprender a não se mijar é com uma surra que ele se lembre.

Os travesseiros onde dormi estão manchados e molhados no chão perto da cama. Ela descobriu que tive outro acidente noturno quando ia devolver os travesseiros.

Ele pegou um cinto de couro marrom do pequeno armário perto da cozinha e está apertando-o dobrado.

– Luther, eu não sabia que você tinha tanto jeito para ser pai. – Ela está só de camiseta; é grande demais e manchada de amarelo embaixo das axilas, parece com a dele.

Quando ela veio ao banheiro de manhã cedo e sentou-se na privada, tudo o que eu pude fazer foi ficar sentado na banheira, olhando para ela.

– Quem é você para ficar sentado me julgando, hein?

– Você não é um dos pôsteres! – Eu disse.

Ela pegou papel-higiênico e colocou embaixo da torneira. – Como você é mal educado! Bem, foi assim que você chegou ao mundo, boas novas pra você!

DESAPARECIMENTOS

Ela jogou o papel higiênico molhado, que espirrou e ficou grudado no meu peito.

– Venha cá. – Ela faz sinal para eu vir até a cama.

– Ele nunca levou uma surra antes, Luther, meus pais o mimaram demais. – Ela coloca os braços em volta da cintura nua dele e sorri. Ele arruma a cueca. – Vai ser muito mais do que uma surra.

Ele se senta na cama com o cinto. Eu dou um pulo. – Vamos!

– Viu? Você daria um pai tão bom... – Ela bate no peito dele. A luz serena da manhã passa pelas venezianas, desenhando linhas grossas no chão entre mim e ele.

Ele se estica, pega meu braço e me puxa para o colchão. Me joga em cima, meu rosto afunda nos lençóis desarrumados. Meus dentes começam a tremer. Tento me levantar, mas ele me empurra de volta.

– Abaixe as calças dele – ele ordena.

Sarah se debruça e puxa meu jeans para baixo.

– Está molhado de novo! Já disse várias vezes para ele, que a última vez que ele se molhasse, seria o fim... – A mão dela pega o elástico da minha cueca.

– Seus pais não deviam o estar estragando... ele não devia se meter com meus ótimos travesseiros de pena de ganso. – O cinto bate no colchão. – Porra, ele tem cheiro dos becos da cidade.

Ela puxa minha cueca até meus tornozelos junto ao meu jeans. – Ele mija, ele usa. Não vou lavar até que ele aprenda. – Ela se afasta de mim.

– Agora, filho, vou te dar uma surra da qual você terá orgulho, e você não vai mais ficar se molhando como um bebezinho. Ouviu?

Eu aceno com a cabeça. Quero que minhas roupas tenham o mesmo cheiro das roupas da Sarah. Quando ela me mandou para um posto comprar batatinhas, enquanto ela abastecia, uma garota atrás de mim na fila me tocou no ombro. - Você fede. – Um homem com ela a fez ficar quieta, mas ela me mostrou a língua e tapou o nariz quando eles voltaram para o carro.

– Onde estão seus cigarros, querido?

– Na mesa... tem certeza de que quer ver isso?

Eu a escuto sentar-se à mesa e abrir o maço.

– Oh, já vi meu pai dar tanta surra que podia dormir vendo isso. – Ela acende o cigarro.

– Pensei que eles não batiam...

– Ah? – Ela engasga. – Não, não, só ele, mimam só ele. – Ela afasta a fumaça.

– Porque quando eu começar, não vou parar até terminar, ouviu?

– Tenho tanto orgulho de você, sei que peguei o cara certo na noite passada.

Ele dá um passo atrás. Escuto o cinto assobiando e então um barulho forte no meu corpo, mas antes que eu sinta a dor, acontece de novo e sinto um corte repentino e profundo na minha pele. Eu grito.

– Maldito moleque mimado... – Ele se inclina, empurra minha cabeça de volta e cobre minha boca com minha mão. – Não dá para ele ficar berrando, Monique.

– Coloque os lençóis na boca dele – ela diz, soltando fumaça.

– Você só está piorando as coisas, seja homem. – Ele tira o dedo da minha boca. Eu engasgo e grito. Sua mão tapa minha boca de novo, a outra pega o lençol e enrola. Ele larga minha boca e, quando vou gritar, o lençol é enfiado na minha garganta. Está úmido e pegajoso. Tento cuspir fora.

– Maldito! – Ele torce meu braço para trás e segura meu pulso. – Você não queria me deixar mais bravo!

O cinto desce na minha bunda e eu grito com o lençol. A umidade salgada dele tapa minha boca e eu quero vomitar, enquanto o cinto continua descendo mais forte e mais forte e mais forte.

MALDITO CORAÇÃO

> *O coração é enganador*
> *acima de todas as coisas, e incorrigível;*
> *quem poderá compreendê-lo?*
>
> Jeremias 17-9

Aqueles que me compram bala não duram muito. Aqueles que batem nela duram mais, mas não tanto quanto aqueles que batem nela com o punho e em mim com o cinto.

Vivemos no carro, guiando até que ela encontre o próximo. Às vezes, ela conta a ele sobre mim, seu irmão. Às vezes, sou sua irmã.

– Os homens gostam de meninas, não de garotos. – Ela diz – Você quer entrar, não quer?

Às vezes fico escondido no carro até que ele vá trabalhar. Eu me deito no chão do banco de trás e desapareço.

Às vezes ela me dá metade das pílulas que eu peço. São brancas, mas deixam tudo escuro, não o sonho onde meus membros são soprados pela estrada até que corvos de asas vermelhas desçam do sol branco carregando meus braços e pernas para longe até que eu acorde gritando, me debatendo para reatá-los.

Às vezes, vamos à lojas e eu pego o que ela me diz. Embaixo do meu casaco, dentro da calça, vão pacotes de queijo. Garrafas geladas de cerveja deslizam pelas minhas mangas, que estão presas com grossas camadas de fita adesiva, então quando volto para o carro minhas mãos estão anestesiadas e brancas. Quando eu pego direitinho, nós dirigimos rápido, rindo, enquanto enchemos a boca de queijo bologna e bebemos o líquido efervescente das garrafas.

Quando eu pego errado – uma garrafa cai por uma fita que se solta ou eu sou parado antes de sair pela porta – então o mundo se move como naqueles antigos filmes movidos à manivela que eu vi em fliperamas. Todos se aproximam e se afastam de mim ao mesmo tempo. Ela puxa minhas calças e sua mão desce rapidamente na minha bunda nua várias vezes. É um truque, ela me disse. Geralmente eles a fazem parar, dizem que está tudo bem. Eles a acalmam, dão café ou algo assim. Ela diz que eu sou um problema e chora. Eles olham para mim, sacodem a cabeça e engolem a língua. Às vezes temos de enganá-los para valer, se eles estão loucos para me bater. Às vezes, não na sala dos fundos, mas com todo mundo vendo. Funciona porque eles nunca chamam a polícia. Mas quando voltamos para o carro, ela não dirige rápido e rindo. Ela fica brava, às vezes por um dia ou dois, sem falar nada comigo, sem me dar nada do que ela teve de comprar, me fazendo ficar no banco de trás, fora da vista dela. No entanto, sei que não é pra valer, me lembro de que ela só os está enganando, no caso deles terem olhos na nuca, como o pai dela, e talvez os olhos deles chegarem ao nosso carro.

Às vezes, quando ela pára num bar, ela sai e vai no caminhão dele.

– O homem que não sabe dirigir caminhão não sabe como foder é bom. – Eu sussurro a rima dela enquanto eles vão embora. Mas sei como fazer com a lanterna que tiro debaixo do banco quando todos se foram e está silencioso, como fazemos juntos; revirando os sacos de lixo e achando comida – levemente mordida, não molhada e cuspida. - Quando faço isso sozinho, finjo que ela está ao meu lado vigiando. Posso sussurrar para ela o que eu encontro.

- Um saco de pretzels.

- Isso vai ser bom. O que mais encontrou, garoto? – Eu o faço dizer.

Então, há um com quem ela se casa. Fico no apartamento dele enquanto eles vão para Atlantic City em lua-de-mel. Eles devem ficar lá duas noites. A porta está trancada à chave por dentro e por fora, o que me faz sentir seguro. Mas com as noites passando, meus Kraft singles vão acabando, até os pedacinhos de Wonder terminam, e eu olho para a janela de trás, enquanto os lixeiros pegam os sacos que não posso revirar.

Acendo todas as luzes de noite e durmo de dia, depois do meu desenho do Pernalonga favorito. Depois de quatro noites, sei que eles não vão voltar, então subo numa cadeira e desenho retratos dela nas paredes com uma caneta preta. Faço isso a noite toda até que o primeiro brilho violeta da manhã faz com que eu sinta cãibras na mão e veja todas as paredes cobertas.

Após seis noites, ele volta sem ela.

– Ela casou comigo e fugiu quando acabou minha grana – diz, com a cabeça nas mãos. Não diz nada sobre as paredes, mesmo que eu tenha me preparado e segurado um cinto para ele, dobrado. Ele apenas chora, olhando para as figuras dela nas paredes. Enquanto ele chora, tiro o celofane do último pedaço de queijo, como e vou dormir, mesmo que a lua seja ainda uma cicatriz amarela na escuridão.

Acordo gritando; as asas vermelhas dos corvos piscam à minha frente enquanto ele afasta minhas pernas, seu hálito quente no meu pescoço, garras empurram meu rosto para o travesseiro. E, pela primeira vez, eles me bicam, e é bem pior do que eu imaginava. É uma lâmina que perfura girando e arrancando pedaços entre minhas pernas, e ele grita o nome dela de novo e de novo na minha orelha, até sangrar.

Eu paro de tentar me arrastar para longe. Flutuo com minha caneta e desenho ela no teto sempre que os corvos voltam a atacar.

A toalha abaixo de mim está ficando vermelha e molhada como sopa de tomate.

– Venha – ele diz quando está de noite de novo, e me veste, colocando uma nova toalha em mim em vez de cueca, dentro da minha calça. Ele me carrega para o carro, eu caio encostado na parede, esperando que ele abra a porta. Ele dirige no carro que ela deixou, não no seu caminhão.

Dirigimos um longo tempo e viramos numa rua suja. De repente, o carro pára. – Desculpe – ele diz, pega a lanterna debaixo do banco e parte. Eu me levanto e vejo a tocha que ele carrega balançando entre as árvores magras como uma chama surgindo numa caixa de fósforo. Olho até que a luz some, apenas a lua afunilada entre tantas árvores.

Um flash nos meus olhos me cega, mas eu não posso ouvi-los.

– Enfermeira, segure-o com força agora! – Outro flash. Eu me sacudo, mas sou segurado firme. – Vire-o. – Sou colocado de barriga para baixo, minhas pernas abertas. Outro flash atrás de mim. Vejo de soslaio dois policiais ao meu lado, de pé, rostos franzidos, bebendo em copos fumegantes de papel. Eu chuto e grito. – Ajude-nos aqui, Oficial, se não se importa. – Um deles se aproxima, largando o copo, e segura minhas costas. Outro flash. – Para o lado, vire-o. – Meu corpo é virado e segurado de perfil no papel colocado abaixo de mim.

– Qual é seu nome? – o tira pergunta, seu bafo atingindo meu rosto. Chuto o mais forte que consigo. – Droga! Ele chutou a câmera! Segure-o! – As mãos caem sobre mim, empurrando minha cabeça e peito forte sobre o tampo de vinil da mesa, o papel rasga e se molha com minha baba. – Qual é seu nome?! – o tira pergunta de novo. – Acharam identidade no carro? – Outro flash sobre mim. Vejo minhas roupas enroladas num canto e a toalha manchada de vermelho saindo de uma cesta de lixo. Estou nu.

– Ele precisa de pontos, está terminando? – Outro flash. O tira bloqueando a porta, ainda bebendo, mantém uma mão na arma.

Eu grito de novo.

– Enfermeira, segure-o.

– Só mais uma foto! Vire-o de lado... abra as pernas dele... mais... perfeito, Ok, ótimo! Obrigado, rapazes. Espero que vocês peguem o canalha que fez isso. Até mais.

MALDITO CORAÇÃO

– Vamos dar esses pontos.

Sou empurrado de barriga para baixo de novo, meus braços abertos como minhas pernas, e algemas macias os mantém assim. Algo escorrega por baixo de mim, levantando minha cintura e cordas são colocadas nas minhas pernas, costas e cabeça. Vozes soam ao meu redor.

– Me diga seu nome! – o tira acima de mim ordena. – Não quer que a gente pegue esse cara?!

– Ok, você vai sentir uma picadinha – o doutor diz.

E bem distante, escuto a batida...

– Ok, mais uma picada...

... de suas asas...

– E a última.

... e o quarto sangra com suas penas vermelhas afiadas.

– Ok, vamos lá...

... e bicos de navalha se enchem...

– Vamos dar um jeito em você.

... com partes minhas.

NA CAIXA DE BRINQUEDOS

A moça segura dois bonecos. O cabelo dela é amarelo, preso num coque firme que faz com que o canto de seus olhos sejam puxados. Ela sorri em flashes para mim, então franze a testa para os bonecos. A calça do boneco de homem grande desce, ela a abaixa. O troço dele fica de fora, com fios pretos em volta, como um esfregão sujo.

– O outro bonequinho é loiro, como você – ela diz.

O quarto em que estamos é rosa, com fotos de crianças sorrindo nas paredes. Há uma casa de bonecas no canto, com uma família de borracha dentro. Estou sentado num tapete com jogos espalhados ao redor, como jogos de amarelinha e bolinhas de gude. Estou sentado como índio, como ela. O bonequinho do menino tem um buraco redondo na boca e – sardas, como você – ela diz e toca no meu nariz.

O boneco de homem encaixa seu troço na boca do menino como uma peça de quebra-cabeça. Ela faz isso. Seus sapatos são pontudos e um pouco da pele de seus pés sai pelos cantos.

– Preste atenção – ela diz, e limpa a garganta. – Este é mau. – Ela sacode o dedo no boneco. – Mau, homem mau. – Suas unhas são vermelhas, como as de Sarah. Ela faz o homem abaixar a calça do menino com suas mãos de pano. Eu afundo os dedos no pêlo do tapete de alfabeto e os faço sumir.

NA CAIXA DE BRINQUEDOS

– Está prestando atenção? Olhe os bonecos agora, preste atenção. – Ela sacode os bonecos. O troço do homem balança para baixo e para cima. O trocinho do menino sacode. Não há fios ao redor. – Ui, ui – ela diz enquanto coloca o troço rosa do homem num buraco atrás do bonequinho. Ela os sacode no ar, com os pés balançando como se eles tivessem sido enforcados. – Ui, ui – ela diz enquanto os coloca juntos e afastados, juntos e afastados. Eles soam como dois travesseiros sendo batidos.

– Como o garotinho se sente? – ela me pergunta, sem parar com os bonecos. Há uma grande caixa atrás dela. É pintada como uma bateria de brinquedo, azul com Xs brancos. Uma trança grande, com um laço vermelho, está pendurada nela.

– Olhe agora, vamos lá, preste atenção. – Ela os sacode com mais foça. – Como ele... – ela bate no bonequinho – ... se sente? Hein? Você pode me dizer, está tudo bem. *Você está seguro agora.* – Ela sorri rapidamente e estica os braços, colocando os bonecos mais perto de mim. Há uma pequena mancha marrom em sua blusa pêssego. Tenho cuidado para não manchar minhas roupas para Sarah não ficar brava porque as pessoas vão achar que a gente é lixo.

– Roupas manchadas é como você reconhece o lixo – ela diz, enquanto pega na bolsa uma garrafinha de alvejante. – Meu pai é rico e educado, um pastor. – Ela joga o alvejante nuns guardanapos do McDonalds, então esfrega na mancha de ketchup na minha camiseta. – Nada de lixo – ela diz e limpa meu rosto e o dela com mais alvejante, até que doa. – Você tem de aparentar e estar limpo.

Às vezes, entramos no banheiro feminino. Eu entro no reservado com ela. Tiramos nossas calças e roupas íntimas. Eu seguro dois chumaços de papel higiênico. Ela joga o alvejante neles, ensopando. Dou um papel para ela. – O povo pode sentir o cheiro do pecado em você – ela cochicha. Nossas mãos, segurando o papel cheio de alvejante, desaparecem entre nossas pernas. Ela cobre a boca com a outra mão e chora.

– Está prestando atenção? – A mulher coloca os bonecos no colo. – Não é culpa do menininho... viu? – Ela pega os bonecos de novo, o troço entra e sai do buraco atrás do bonequinho. – Oh, oh, oh – ela diz bem agudo. – Homem mau, homem mau – diz com uma voz grave. – Repita comigo – ela diz e avança para mim. Os bonecos batem um no outro bem rápido. – Não é... vamos, diga, você quer voltar a ver desenhos?

Eu não disse nada da última vez que vi ela e os bonecos, então não pude assistir TV ou ir ao salão de jogos por dois dias. Fiquei no meu quarto e reli os mesmos livros. Não me importei de não ver os outros garotos. Alguns são carecas e inchados, seus lábios descascam como esmalte de unha. Alguns estão em cadeiras de rodas ou muletas, com tubos que se enrolam neles. Um menino tem de ser batido nas costas toda hora. Ele engasga toda noite, quando está chorando. Eu não me importo principalmente de não ver os pais deles. Eles vêm com sacolas cheias de presentes. Eles não gostam de tirar os presentes da sacola na minha frente, no salão.

– Vamos para o quarto, querido – eles dizem olhando para mim. Geralmente eles têm de falar alto, porque assim que eu os vejo chegando, aumento o som da TV, até que uma enfermeira venha correndo e me tire o controle.

– Não é... – eu sussurro.

– O quê? Sim, bom, você falou. Viu, é fácil... – Ela joga os bonecos no tapete. – Não é culpa do menininho – ela repete. Eu olho os bonecos caídos no tapete de alfabeto, unidos pelo troço do boneco de homem. – Culpa do menininho – eu murmuro.

– Ótimo. Viu, foi fácil... agora você pode assistir desenhos depois do jantar. Você está melhorando. – Ela se inclina e bate na minha cabeça. – Hora de ir. – Ela se levanta, sacudindo pêlos do tapete de suas calças bege. Carrega os bonecos para a caixa e os joga dentro. – Vamos. – Ela abre uma porta que tem um pôster com um desenho de crianças rindo do lado de fora. Eu passo pela caixa de brinquedos; parece a cova de um massacre, alguns pelados, outros vestidos, e em cima estão o homem e o menino. O homem olha para mim com os braços em volta do menino. Posso dizer, pela cara do menino loiro, que o homem ainda está dentro dele. Eu me debruço para separá-los. – Não, não – ela grita. – Deixe os brinquedos. – Ela anda até mim. – Temos de levá-lo de volta lá pra cima, para jantar. Você pode brincar mais amanhã. – Ela fecha a tampa com um estrondo.

Algumas crianças desaparecem. Elas ficam em seus quartos, presas em tubos como tentáculos, e de repente seus quartos ficam vazios, apenas uma luz fluorescente brilhando sobre a cama, todos os cartões arrancados das paredes, todos os balões que eram amarrados à cama se foram. Alguns partem com seus pais. Levam seus balões e bichos de pelúcia em grandes sacolas de compras e as enfermeiras os abraçam em despedida. Mas eu os enganei, a todos; eles nunca descobriram o que eu fiz com a porra dos meus adotivos. Eu mantenho a boca fechada do jeito que Sarah me ensinou para que nada escape e eu não seja preso e mandado para o inferno.

Eu parto sem nenhum abraço ou acenos ou sacolas de compras, mas eu tenho um ursinho de pelúcia que uma enfermeira me deu quando cheguei e só olhava para as paredes.

– É seu – ela me disse.

Ele parecia quase com aquele que eu tinha antes, a mesma pelúcia amarela. Eu não agradeci. Eu o deixei no chão da sala. Ela o colocou na minha cama. – Ele não tem mais nenhum lugar para ir – ela me disse. Mais tarde, naquela noite, quando eu acordei de repente com meu coração disparado, meus lençóis molhados de suor e mijo, eu agarrei o urso e afundei meu rosto nele. Ele ficou molhado por dias.

Parto com uma mulher que a enfermeira diz ser minha avó. – Eles têm a sua custódia – ela diz. Eu aceno, não entendendo, mas empolgado de estar partindo com alguém. A mulher assina papéis enquanto eu fico quietinho atrás dela, com os braços duros.

– Você nunca veio visitá-lo – a enfermeira diz.

– É uma longa viagem – minha avó diz, sua voz é suave, como uma música alegre, seu cabelo é preso com tranças loiras no topo da cabeça. Seu rosto é uma versão austera e cansada do rosto de Sarah. Eu a sigo até o elevador, olho em volta e tusso alto, na esperança de que os outros me vejam partindo com alguém.

– *Com Deus está minha salvação e glória* – ela diz, olhando em frente enquanto o carro dobra as ruas gastas da montanha cheia de neve. – *A pedra de minha força e meu refúgio estão com Deus. Confie nele todo o tempo; Deus é um refúgio para nós.* – Eu a vejo engolir. – Salmo 62:7-8 – Ela não diz mais nada até chegarmos em casa.

As árvores se abrem numa grande clareira. Cavalos correm atrás de cercas enquanto nosso carro passa. Um campanário é visível num monte distante. A estrada se torna pedrinhas pretas. Um menino loiro, mais velho, cavalga perto de nós. Ele olha para mim, então chicoteia o cavalo duas vezes e acelera pela ladeira verde.

Passamos por celeiros cinzas gastos pelo tempo que parecem sustentados por montes de feno. Passam-se mais cinco minutos e viramos numa entrada para carros. Quatro colunas brancas sustentam uma rampa. Duas portas de carvalho com vitrais ficam no centro. Parece um museu.

– Esta é a casa do Senhor – ela diz e pára o carro na frente das portas. Saímos e ela abre a porta destrancada e a luz entra no saguão escuro. Eu me esforço para enxergar.

– *Ele deve redimir sua alma da mentira e violência: e precioso deve ser o sangue deles em suas presenças.* – Ela toca meus ombros. Salmo 72:14 – Ela se afasta nas escuridão do saguão. Eu fico parado, esperando.

A TOLICE MORA NO CORAÇÃO DA CRIANÇA

Escuto passos muito antes de ver alguém. O som toc toc parece uma casca de ovo sendo quebrada ritmicamente e com raiva.

– Os modos dos perversos são uma aberração para o Senhor: mas ele amou aquele que o seguiu com firmeza. – A voz ecoa pelo saguão, staccato e afiada.

– Jeremiah, sabe de onde veio isso?

Meu avô de repente está na minha frente. Ele diz meu nome da mesma forma que Sarah; ela disse apenas algumas vezes, mas quando falou eu me senti seguro e lembrado.

– Jere-my. – "My", como se dissesse "meu".

– A única razão pela qual você está aqui é porque o canalha não me deixou enfiar um cabide na sua cabeça – ela me disse entre goles de Wild Turkey que ela chamou de "galinha" quando fomos à loja de bebida. Eu me acostumei com o gosto amargo de "galinha" na minha Coca e em como eu adormecia rapidinho depois de bebê-la. A viagem de trem é no Expresso da Meia-Noite. Queima tão amargo quanto "galinha", mas eu gostava mais de ouvir Sarah pedindo o trem.

– Quando você chegou aqui – ela disse, limpando a boca com a mão – ele não dava um centavo para alimentá-lo ou mantê-lo.

Mas ele me quis. Havia me protegido. Havia me salvado. Eu o imaginava como o avô que eu tinha com a porra dos meus adotivos, só que melhor, com uma barba de Papai Noel e bochechas rosadas e moedas de chocolate nos bolsos. Eu mostraria a ele que eu não era mau. Ela era, Sarah. Sorri para ele, estamos do mesmo lado, você me salvou, sou Jere-my, sou seu.

– Você sabe de onde vem isso, Jeremiah? – Suas palavras têm hálito de menta.

"My", meu, sim.

– Pois o Senhor sabe o caminho da probidade: Mas o caminho do incrédulo deve sucumbir. – Sua boca vira-se para baixo. Eu inclino minha cabeça para um lado e então parece que ele está sorrindo. Ele não tem barba; seu rosto é magro e bem esticado nas bochechas e mandíbula, que ele mexe para cima e para baixo como se estivesse mastigando couro. Seus olhos são do mesmo azul claro que os da Sarah; dão a ele um ar delicado e sinistro, como estalactites de gelo na entrada de uma caverna. Mesmo ele não estando realmente sorrindo, seus olhos estão comprimidos como se ele estivesse. Eu sorrio mais. Ele mexe a cabeça e dá um passo atrás. Eu aceno em resposta e pisco da forma como Sarah faz. Ele levanta o grande livro preto que segurava atrás.

– Não vai zombar do Senhor, Jeremiah. Vai aprender a não zombar de mim. Jeremiah, você vai encontrar o caminho. – Cada vez que ele fala meu nome, eu sinto uma onda de calor. Tudo o que ele diz depois do meu nome parece estranho, como se flutuássemos sobre a água. – Jeremiah, você saberá. Se não souber ler, vai aprender rápido. – Ele abaixa o livro e dá para mim. – Jeremiah, está claro? – Eu olho para a outra mão dele para ver quando o chocolate escondido vai aparecer.

– Este é seu travesseiro, Jeremiah. Durma com ele. Mantenha-o sempre com você. Jeremiah, está claro?

Eu abro o livro, mas as páginas finas têm apenas palavras. Viro algumas páginas, mas não consigo encontrar as figuras. – Obrigado – eu sussurro. Eu ia chamá-lo de vovô, mas algo engasga a palavra.

A TOLICE MORA NO CORAÇÃO DA CRIANÇA

– Começará amanhã às sete da manhã, Jeremiah. – Coloca a mão no meu ombro. Eu inclino a cabeça em direção a ela. – Não se incline na minha presença, Jeremiah. – Ele me empurra levemente para frente. – Ou em presença do Senhor. – Ele solta a mão, se vira e sai do saguão, ainda falando: – Ele abriu caminho para sua ira: Não desperdiçou suas almas com a morte, mas deu a vida deles para a pestilência.

Eu olho para o livro, viro mais algumas páginas. Ainda não consigo achar os desenhos.

Um menino só um pouquinho mais alto do que eu desce até o saguão. Ele tem o cabelo loiro-platina, como o meu, penteado para trás. Tem calças brancas e um blazer azul, com gravata. Nunca vi um menino de gravata. Sinto inveja.

– Quantos anos você tem? – Ele me pergunta e fica na ponta dos pés.

– Sete... em dez dias. – Fico retinho e estico o pescoço.

– Diga a ele que você quer uma festona de aniversário. – Ele sorri, com os dentes mordendo o lábio inferior, seus olhos de opala escondidos, mas ainda assim à espreita.

– Você gostaria, não gostaria, hein?

– Quantos anos você tem? – pergunto.

Ele aponta para meu livro. – Eu sei os Salmos do um até o cinquenta. Quantos você sabe?

– Sei um monte de músicas.

– O quê?! Droga – ele sussurra – você é um idiota.

– Não sou. Sei ler. – Fico olhando bem pra ele. Ele sorri ainda mais, abaixando seu pequeno nariz arrebitado, enfeitadinho com sardas como noz-moscada.

– Diga a ele que você sabe músicas... daqui – ele diz, apontando para o livro e rindo. Eu rio porque ele ri.

– Que músicas você conhece? Cante alguma.

Eu levanto meus olhos para pensar. O penúltimo namorado de Sarah tinha um moicano. Ele fez um em mim, mas eu não gostei, porque as outras crianças apontavam para mim e riam. – É essa a idéia de ser punk. Você tem de chocá-los – ele me disse. Eu abaixei o moicano, fazendo com que parecesse uma estrada amarela dividida numa cabeça quase careca. Desapontado, ele raspou minha cabeça. Tingiu a dele de rosa até que o delegado ameaçou prendê-lo por ameaçar a paz. Então ele raspou a dele também. Me ensinou a cantar com os Sex Pistols. Eu não entendia as letras, mas fazia Sarah rir quando nós cantávamos, zombando e cuspindo. Às vezes ela cantava junto.

– *I am a annie-christ. I am a annie-kiss, dunno what I want, know how to get it, wanna this toy, the buzzer by*[1]. – Ele olha para mim espantado, de boca aberta. – *I wanna be annie-key.*

– Jesus Cristo – ele gagueja.

– *Go piss this toy* – termino de cantar e cuspo. Cai num pequeno prego no chão de madeira ao lado dos sapatos pretos de couro encerado dele. – Sex Pistols – eu digo, sorrindo para ele.

– Você está possuído – ele diz, deixando de rir. – Você tem de cantar isso para ele. – Ele acena e sorri um pouco. – Você tem.

– Conheço outras.

– Hum, ele vai adorar. – Ele ri.

– Conheço Dead Kennedys.

– Como é?

– *Too drunk to fuck* – eu canto – *I'm too drunk to fuck*[2] – Ele bate na minha perna. – Sim, sim, cante – ele diz, cobrindo a boca, mas ainda consigo vê-lo rindo. – Cante essa também. Promete que canta? – Eu concordo. – Mas não diga que fui eu que pedi. Será um segredo. Só estou te ajudando.

– Qual é seu nome? – eu pergunto.

---

[1] Versão alterada de letra da música "Anarchy in the UK" dos Sex Pistols. A tradução dessa versão seria algo como: "Eu sou um annie-cristo. Eu sou um annie-beijo, não sei o que quero, sei como conseguir, quero esse brinquedo, a campainha. (...) Mije nesse brinquedo."
[2] "Bêbado Demais para Trepar", música da banda Dead Kennedys.

A TOLICE MORA NO CORAÇÃO DA CRIANÇA

– Aaron – ele diz, limpando lágrimas dos olhos.

– Conhece a Sarah?

– Sarah? Sim, ela é uma das minhas irmãs mais velhas, sim, ela é uma pecadora. – Ele arruma a gravata.

– É minha mamãe.

– É, eu sei, por isso que você tem de cantar para ele... sabe mais alguma?

Ele me dá a mão e me leva para o nosso quarto.

Às cinco horas, Aaron me acorda. Eu procuro meu Pernalonga e então me lembro o que o Job, outro garoto loiro com lábios de botão de rosa e olhos sonolentos, me disse antes de dormir.

– Isso é idolatrar imagens, você vai queimar no inferno.

Ele tirou o boneco da minha mala e eu nunca mais o vi. Dormi com o dedo na boca e acordei com uma garota, que parecia com uma pequena versão de Sarah, puxando-o para fora.

– Não, não, você não pode fazer isso. – Ela não disse mais nada e saiu do quarto.

Aaron está vestido com jeans e malha. Está ao lado de uma cama de madeira igual à minha, com o mesmo colchão fino, só que ele tem um travesseiro. Sua cama é muito bem arrumada, sem nenhum cobertor caindo nas bordas.

– Arrume a sua e se vista. Temos tarefas para fazer antes da reza. – Ele aponta para uma cômoda de madeira. – Tem roupas lá, devem servir em você. Serviam em mim quando eu tinha a sua idade.

Eu me visto olhando para as paredes completamente brancas.

– Vamos! – Aaron grita – Temos tarefas a fazer.

Sentamos num banco velho de madeira num quarto sujo de tijolos ao lado da cozinha, descascando batatas. Um enorme saco de batatas está ao nosso lado.

– Então, conte a ele sobre suas músicas – ele aponta para mim com o descascador. Eu concordo e bocejo. Ele sorri para as batatas.

Às seis e meia da manhã, Aaron e eu subimos para o segundo andar e esperamos em outro longo corredor com chão de madeira. As paredes são brancas e lisas. Outros quatro garotos loiros esperam atrás de nós. Eles usam os mesmos roupões que pinicam que nós usamos. Eles ficam se inclinando e olhando para mim. Alguém bate atrás da minha cabeça. Quando eu me viro, Aaron sorri.

– Não fui eu! Juro pelo sangue de Cristo! – Eles seguram as risadas. Uma porta de madeira abre ao meu lado e o vapor que escapa machuca meus pulmões. Um garoto loiro, alto, forte, mas esguio, me empurra.

– Entre. – Ele aponta para a grande banheira de porcelana, com fumaça saindo como uma neblina. Eu olho para ele. Sua cara de gato se franze. Ele suspira, levanta os olhos e diz como se estivesse entediado – Se alguma semente de cópula de homem sair dele, ele terá de esfregar todo o corpo na água e ficará impuro pela eternidade. – Ele lambe as gotículas de suor sobre o lábio. – Levítico – sacode a cabeça. – Vamos – estica a mão. Está só de cueca boxer branca. Seu peito está nu e coberto com um leve brilho de suor. Seguro sua mão e ele me leva para a banheira. Os cantos estão cobertos de pequenas rachaduras que parecem com veias nos olhos. A mão dele é quente e úmida. – Venha – ele diz suavemente. Ele se abaixa e tira meu roupão e minha cueca, com sua mão me esfregando enquanto isso. Ele tem cheiro de sal e cloro. – Aqui, vou te ajudar.

Ele coloca as mãos em volta da minha cintura. Sinto seu hálito na minha nuca. Faz cócegas e eu rio.

– Você é levinho. – Ele me levanta e me leva para a banheira. Eu coloco minha cabeça no peito dele. – Ok, vamos lá... – Ele me abaixa rapidamente. Leva alguns segundos para eu sentir a temperatura da água. Eu grito e me seguro na borda. – Não, não faça isso! – Ele segura minhas mãos e tapa minha boca. – Não vou apanhar por sua causa. Agora, vamos lá, cale a boca – ele diz baixinho no meu ouvido.

A TOLICE MORA NO CORAÇÃO DA CRIANÇA

Meus olhos estão nublados com lágrimas. Eu grito através da mão que tapa minha boca.

– Você vai se acostumar – ele diz. Pega uma escova de banho de um canto da banheira. – Você será limpo. – ele coloca a escova sobre minha barriga. – Você será santificado. – Ele pressiona a escova. Eu esfrego meus lábios em sua mão, tentando escapar. – Você será justificado com o nome. – Ele começa a mover a escova lentamente pela minha barriga. – E pelo espírito... – Seus olhos se abrem e viram nas órbitas. Ele move a escova em pancadas entre minhas pernas. Meus dentes pressionados na palma de sua mão. – De nosso Deus. – Eu bato minha cabeça em seu peito com pequenos saltos. Ele coloca sua boca em meu pescoço. – Amém – sussurra.

Ele solta a escova, coloca um braço na minha cintura, ainda tapando minha boca, e me tira da banheira. Me coloca de pé ao seu lado.

– Se você gritar ou chorar, eu te coloco de volta lá dentro. – Eu aceno. – Então fique quieto. – Eu aceno de novo. – Tira a mão e eu respiro. Fica ao meu lado. – Não foi tão ruim, foi? – meu corpo parece anestesiado. Olho para mim, um vermelho brilhante de sangue em minha pele irritada aonde ele escovou. Sinto um queimado entre minhas pernas. Uma toalha é jogada no meu ombro. Ele começa a me secar.

Às sete da manhã eu espero no corredor do primeiro andar, do lado de fora da pesada porta de carvalho do meu avô. Aaron fica atrás de mim e os outros meninos atrás dele. Todos parecem cansativamente familiares, como ver uma colagem de partes do meu rosto em outras pessoas. Todos estão vestidos como eu, como Aaron, de blazer, gravata e calças pretas macias. Aaron cochicha no meu ouvido, me lembrando novamente de cantar minhas músicas e reclamar sobre a banheira ser muito quente. Minha pele arde e eu não uso cueca por causa disso.

– Diga a ele que você está sem cueca, diga a ele! – Aaron falou quando viu eu me vestindo. Sua pele estava vermelha também. Ele não parecia se importar.

A porta se abre e um menino loiro mais velho, vestido como eu, sai devagar, cambaleando. Seu rosto está abaixado. Ele não olha para mim. Eu o vejo andando cuidadosamente pelo corredor como se estivesse numa corda bamba. Ele encosta a mão nas paredes, de vez em quando, para se equilibrar.

– Jeremiah – meu avô chama de dentro do seu estúdio. Eu dou um salto e me encosto na parede, recuperando o fôlego – Não vou chamar novamente, Jeremiah. – A voz é seca, comandando. Meu corpo anda involuntariamente para a porta.

A luz da manhã entra pela janela e ilumina sua mesa.

– Entre. Feche a porta, Jeremiah. – Eu entro, fechando a pesada porta atrás de mim. Vejo minhas mãos movendo a maçaneta de metal, que parece um rabo de cachorro, até que a porta soe fechada. – Jeremiah... – eu me viro devagar. Longas fileiras de livros, não livros de livraria, mas encadernados em couro, em preto, vinho e marrom, alinhados nas prateleiras até o teto. É o tipo de prateleira na qual, se você remover o livro certo, uma passagem secreta se abre e um escorregador leva você até um calabouço secreto. – Jeremiah... – Ele bate o pé em rápida sucessão. Eu me viro para olhá-lo. Quando meus olhos se ajustam à luz, eu posso vê-lo melhor. Ele franze a testa. Suas mãos estão espalmadas sobre a superfície preta de sua enorme mesa. Quero que ele sorria, que seja melhor do que o avô da porra dos meus adotivos, e que saiba que sou eu: aquele que ele salvou.

– Conheço músicas, senhor – eu sussurro e imediatamente me sinto como se houvesse jogado uma bexiga cheia d'água do telhado e a estivesse vendo cair, incapaz de pará-la, quando ela atinge uma rua movimentada.

– Você aprendeu Salmos, Jeremiah – ele diz, meio que perguntando.

A TOLICE MORA NO CORAÇÃO DA CRIANÇA

– Aaron disse para cantá-las – eu pego fôlego – para o senhor.

– Aaron disse para cantá-las para mim, Jeremiah – ele repete. Coloca uma mão sobre a outra. Suas mãos são bem brancas com delicadas veias azuis, salientes como túneis de minhocas. Seu dedinho bate devagar.

– *I am a Annie-christ* – eu canto sem melodia – *I am a annie-kiss...*

– Jeremiah – ele interrompe – que salmo é esse? – Ele vira a cabeça para um lado, como um cachorro ouvindo um assobio silencioso.

– Sex Pistols – eu digo, animado por ele estar interessado.

– E onde você aprendeu o salmo dos Sex Pistols, Jeremiah? – Agora seu dedo anelar bate com o mínimo.

– Hum... com Stinky. – Eu olho os livros novamente. Há apenas um livro branco na quinta prateleira; deve ser o livro para puxar.

– Jeremiah... – eu me viro novamente. Ele inclina a cabeça para o outro lado. – E quem é Stinky?

Eu rio e cubro minha boca. Ele sorri novamente sem humor. – Stinky tinha um moicano rosa, mas ele cortou.

– Sim... – sua mão inteira bate agora. Me deixa de sobressalto.

– Ele morou com a gente, é um punk e eu também sou, ele falou, mas ele foi embora porque estava entediado, Sarah disse... nem disse tchau. Vendemos a guitarra dele na loja de penhores. Ele não disse tchau.

Meu avô apenas concorda com a cabeça.

– Oh, Aaron me disse para contar para o senhor sobre os Dead Kennedys. Eu conheço "Too Drunk to Fuck". Sei essa. Sei outras. Quer ouvir?

– Não, Jeremiah, Eu...

– Oh! – Eu o interrompo. Ele me olha com surpresa, sobrancelhas levantadas. – Aaron me disse para eu falar que o banho estava muito quente, doía. E Job me esfregou com muita força. E eu tomei banho antes no hospital, de qualquer forma. Eles não esfregam.

– O que mais Aaron lembrou você de me contar, Jeremiah? – Seus dentes mordem levemente o lábio inferior.

– Que eu não tenho travesseiro e que os cobertores não são quentes o suficiente e que tivemos batatas demais para descascar. Mas sabe de uma coisa? Ele consegue fazer com que elas se pareçam com gente pelada.

– O que mais ele disse ou te mostrou, Jeremiah?

– Bem... ele disse que pega bala da sua gaveta e que, se eu fizer a cama dele por uma semana, ele me dá algumas. – Ele não diz nada, apenas acena, como se quisesse que eu contasse mais. Eu balanço a cabeça – Ah, ele disse que minha mãe é uma pecadora e uma vagabunda. – A mão dele começa a bater novamente, com mais força – Hum... – Não consigo me lembrar de mais nada. Penso em inventar umas coisas, porque gosto que ele me dê atenção, mas decido que é melhor não. – Acho que é tudo – suspiro – senhor. – Eu me lembro e acrescento, meio que sorrindo.

– Isso é tudo, Jeremiah – ele diz com seus lábios brancos e finos como as sobrancelhas de uma mulher.

– Oh, sim, não estou usando cueca.

– Ok, Jeremiah. – Eu sorrio mais, mas ele franze a testa. Fica de pé e anda direto para a porta. Abre-a, sai no saguão e chama Aaron. Quando eles entram, Aaron me olha com o canto do olho. Meu avô senta-se atrás de sua cara mesa e coloca uma mão sobre a outra. Olha apenas para Aaron. O rosto de Aaron está virado para baixo. Eu vejo a poeira sair da boca do meu avô enquanto ele repete para Aaron tudo o que eu disse. Aaron não levanta a cabeça. Não se mexe. Meu avô fica de pé e se apóia na mesa com os nós dos dedos.

– Foi isso o que você disse, Aaron? – O corpo de Aaron se contrai, mas ele não diz nada. Fica com o olhar parado no chão. Meu avô dá a volta na mesa até a frente de Aaron e repete a pergunta. Eu não havia percebido que eu também estava olhando para o chão, até que o forte tapa me faz levantar o rosto. O rosto de Aaron está torto e vermelho vivo. Há marcas de dedos em suas bochechas.

A TOLICE MORA NO CORAÇÃO DA CRIANÇA

Vejo meu avô parado cheio de dignidade, com as mãos calmamente ao lado do corpo.

– Eu não disse, senhor – Aaron resmunga para o chão.

– O que você não disse, Aaron?

– Nada disso, senhor – ele sussurra.

– Então Jeremiah é um mentiroso?

– Sim, senhor.

– Não sou! – Eu grito.

Meu avô olha tão diretamente para mim que minha ofensa rapidamente se evapora. Olho para baixo, para o chão quase preto de ripas de madeira.

– Aaron, vou te perguntar pela última vez. – Eu posso ouvir a respiração de Aaron quase ofegante. – Jeremiah é um mentiroso?

Eu ranjo os dentes e fecho minhas mãos em punhos.

– Sim, senhor.

– Mentiroso! – Eu encaro Aaron, que ainda olha para baixo. Meu avô bate o pé uma vez, quase suavemente, mas é o suficiente para me fazer calar. Eu não sinto medo e nem sinto tanta raiva de Aaron. Gosto do sentimento de que meu avô e eu somos um time. Acho que ele acredita em mim, porque ele me salvou, está me protegendo agora, como fez com a Sarah, e eu adoro isso.

– Aaron, como Jeremiah sabe que eu guardo balas na minha mesa?

Aaron não diz nada. Um estalo alto de outro tapa no rosto dele quebra o silêncio. Eu não levanto o rosto. Mordo os lábios para não sorrir.

– Quem é o mentiroso, Aaron? – O pé do meu avô bate como um metrônomo. Outro tapa ecoa na sala e a palavra começa a sair de Aaron.

– Sou eu... senhor – ele diz fungando – sou eu o mentiroso.

Mordo com mais força meu lábio.

– Aaron, mostre-me como você rouba da minha mesa.

Aaron lentamente levanta sua cabeça. Suas bochechas estão vermelhas, com tons azuis e roxos se espalhando como aquarela numa toalha de papel. Lágrimas brotam em seus olhos.

– Por favor, senhor...

– Vá em frente, Aaron, finja que eu não estou aqui. É assim que você rouba, não é, Aaron? – Meu avô afasta-se da mesa. – Mostre-me, Aaron.

Aaron fecha seus olhos por mais tempo do que uma piscada, então anda devagar para atrás da mesa. Pára em frente à gaveta e olha para meu avô.

– Sim, Aaron, mostre-me. – Aaron fecha os olhos e puxa a gaveta. Enfia a mão dentro rapidamente, tira e a fecha como se tivesse sido queimado. Fica esperando, com olhos fechados, seus longos cílios loiros tremendo.

– Aaron, mostre-me – meu avô diz quase com doçura. Aaron abre seus olhosm mas segue algo invisível que desce. Dá a volta na mesa, com seus sapatos de couro soando de encontro à madeira. Estica seu braço direito, vira o punho e abre a mão como se estivesse brincando de adivinhar em qual mão está. Duas balinhas de menta estão na palma de sua mão trêmula. Eu me deixo sorrir.

– Então, Aaron, você disse a Jeremiah para cantar essas músicas para mim? – Aaron acena que sim com a mão ainda esticada. – E você disse a Jeremiah para reclamar do banho? – Aaron assente. Ele assente rapidamente para cada uma das coisas que meu avô repete para ele. Então meu avô pede que ele repita tudo, dizendo tudo o que ele fez, incluindo mentir sobre tudo isso e sua intenção em que eu me complicasse. Quando Aaron termina, sua mão esticada treme tanto que a bala em sua mão pula como pipoca. Eu calmamente dou um passo para o lado para ficar um pouco atrás do meu avô, em sua sombra.

– Então, Aaron, o que deve ser feito? Eu te ensinei de outra forma, não foi?

Aaron acena para o chão, seu braço inteiro treme no ar e seu corpo se contrai em pequenos espasmos.

A TOLICE MORA NO CORAÇÃO DA CRIANÇA

– Sim, senhor.

– O que deve ser feito, Aaron?

Aaron deixa um pequeno gemido escapar e meu avô bate nele de novo, com o braço inteiro girando. Uma gota de sangue se forma no canto da boca de Aaron.

– A tolice mora no coração da criança... – Enquanto Aaron fala, o sangue escorre para seu queixo. – Mas a vara da correção deve afastá-la.

Sarah não gosta de bater no meu rosto. Ela raramente faz isso, só se ela tiver realmente. Eu planejo contar a Aaron que ela nunca bateu na minha cara.

– Onde, Aaron?

– Provérbios, Capítulo 22:15 – ele suspira com o sangue se movendo e pintando seus lábios como batom líquido.

Meu avô anda até a estante de livros e volta carregando um cinto pesado de couro. Ele tira as balas da mão de Aaron. – O que mais os Provérbios dizem, Aaron?

Aaron engole alto. – Não deixe de corrigir a criança – sua voz é suave mas clara – pois ao corrigi-la com a vara, ela não morrerá. 23:13.

Meu avô vai até a mão de Aaron como se fosse cumprimentá-lo, mas em vez disso ele a estica. A mão de Aaron fica estendida. O cinto dobrado bate nela. Aaron fecha os olhos e afasta cada vez mais a mão do seu corpo. Eu pisco involuntariamente a cada pancada. Sarah nunca fez isso comigo. Eu espero que doa.

Depois que meu avô conta até dez, ele pára. A mão esticada de Aaron treme e está marcada com cores escuras. Vermelho brilhante flui em minúsculas rachaduras na sua palma, como canais de sangue. O rosto de meu avô está composto e calmo como antes, ou ainda mais. Aaron lentamente desce sua mão. Lágrimas descem por seu rosto e ele pisca como se elas viessem apenas de cebolas cortadas. Isso me deixa bravo.

– Obrigado, senhor – Aaron diz alto. Eu fecho minhas mãos em punhos.

– Foi punido por roubar. O que deve ser feito com seus outros pecados, Aaron? – Meu avô pergunta para ele com o cinto ainda ao seu lado.

– Devo ser punido, senhor – ele suspira. Eu aceno que sim com a cabeça. – 23:14, deverás castigá-lo com a vara e – a voz de Aaron se interrompe – deve resgatar sua alma do inferno.

– Tire a roupa, Aaron. – Seu pé bate silenciosamente.

Aaron desabotoa o casaco com a mão esquerda. Ele evita mover a mão direita. Tira a calça e a cueca. Ele se cobre com a mão esquerda, sem se tocar apenas colocando-a à frente. Meu avô acena para ele e Aaron anda até a mesa e se inclina se apoiando nos cotovelos. Sinto ciúmes dele saber o que fazer e de meu avô não ter de dizer a ele. Meu avô vai para trás de Aaron. Coloca sua mão esquerda na cabeça dele. Meu avô nunca me tocou assim. Nunca me tocou de forma alguma.

O cinto desce nas costas de Aaron e em sua bunda. Eu sei como ele se sente. Escuto-o choramingando após cada golpe. Meu avô larga a cabeça dele e eu fico feliz. O cinto bate forte em sua bunda. Ela me segura às vezes, com a mão no meu troço, e é tão bom. Ele bate novamente em sua bunda. Sarah me segura enquanto seu namorado, qualquer namorado, desce o cinto. Pequenas bolhas de saliva escapam da boca de Aaron. Mas a mão dela está abaixo de mim, me tocando. O cinto bate novamente nas costas de Aaron. A mão dela é tão suave e reconfortante que eu não me importo com o cinto, eu não ligo.

O corpo de Aaron se levanta em resposta a cada pancada. Sua pele está parecendo com a palma de sua mão. O que sempre estraga tudo, entretanto, é meu troço, crescendo, e então o pecado maligno se apodera, nas unhas dela... Aaron chora, chora bastante. As unhas dela afundam em mim, no meu pecado. É assim que começo a sentir o cinto. – Seu porra de pecador sujo – ela disse, e doeu tanto, mas ela ainda me segura. O cinto desfoca em frente aos meus olhos. E está duro, meu troço, está duro. Ela me segura. Ele irá segurar Aaron depois. Ela me segura e dói, mas ela segura. E parece o paraíso. A pancadaria acabou e eu espero que seja minha vez antes que ele segure Aaron e se esqueça de mim e da minha vez.

LAGARTIXAS[1]

Passamos pelos outros garotos e algumas meninas. Eles olham de soslaio para nós e viram o rosto. Eu ando devagar com Aaron, olhando para o chão à nossa frente, como ele faz, como os outros garotos fazem. Nós descemos as escadas com tapetes vermelhos. Ele inspira a cada degrau descido. Segura minha mão com tanta força que a ponta de meus dedos fica vermelha quando chegamos lá embaixo. Vamos para baixo da escada até uma porta de madeira pintada de branco. Aaron solta minha mão, vira a maçaneta e abre. Nós olhamos para a escuridão. Ele acende uma luz. O cheiro de umidade e de mofo se espalha ao nosso redor como se um ventilador o estivesse soprando. Ele pega meu braço de novo e descemos escadas de concreto cinza. Lá embaixo, um pequeno corredor de madeira mostra quatro portas. Aaron levanta a mão, levando a minha até seu rosto, e esfrega seus olhos e nariz com nossas duas mãos. Andamos até a porta mais distante à direita. Ele solta minha mão, desaferrolha e abre a porta. Acende a luz; ela pisca acima de nós por alguns segundos. Ficamos olhando uma caixa de madeira rústica de 1,20 m de altura e não muito larga. Há

---

[1] No original "Lizards", mas como se trata de um animal fêmea e os desenhos usados para representá-lo são, de fato, de um lagarto, optamos por traduzir por lagartixas. "Lagartas" poderia ser erroneamente interpretado como "taturana".

um banquinho de madeira em frente a ela e um livro preto sobre ele. Parece uma casinha de cachorro sem corrente. A caixa de reza.

Há uma pequena porta na frente; ele a abre com cuidado. Lá dentro tem cheiro de alvejante. Ele me coloca no banquinho. – Pegue a Bíblia – ele sussurra. – Deuteronômio– ele diz. – 32:22.

– O quê? – Nossas vozes soam assustadoras no silêncio mortal que nos envolve.

– Aqui – ele pega o livro e vira algumas páginas. O livro treme em sua mão. Ele aponta algumas palavras e passa para mim. – Você sabe ler, não sabe? – Digo que sim com a cabeça. Ele aponta um parágrafo. – Comece aqui – ele cochicha. Esfrega o rosto novamente no ombro e vira as costas para mim. Uma mancha de umidade marca onde ele apontou. Ele abaixa e tira a calça; a pele de suas coxas está vermelha e inchada com bolhas. – Vou dizer por uma hora, ok, você certifique-se de que está certo, ok? – Ele engole catarro. – Você pode contar a ele quantas vezes eu errei. Não me importo, ok?

– Ok – eu digo para as rachaduras no chão de cimento.

Ele pega minha mão e me puxa para mais perto da abertura da caixa. Ele entra, ainda segurando minha mão. Deixa escapar uns suspiros e eu me sinto enjoado. Sua mão está molhada e tenho medo de que ele me leve para a caixa escura com cheiro de cloro. Ele se ajoelha na caixa. Só há espaço para isso. – Feche a caixa e tranque-a – ele diz. Eu começo a fechar e acerto a mão dele que está em suas costas, ainda segurando minha mão. Ele se vira e olha para mim, seu rosto como um animal de grandes olhos na sombra. Ele parecia tão mais velho do que eu, mas agora parece um menino mais novo. Aperta seus lábios, os olhos grandes piscando para mim. Começa a soltar minha mão, mas eu a seguro com força. De repente, não quero soltá-lo. Olha para mim com olhos tristes e determinados, e sua mão escorrega do meu aperto. – Feche a porta, tranque-a – ele suspira. Faço isso.

– Pois uma chama se inflama em minha ira – Aaron diz de dentro da caixa, com a voz abafada, mas clara – ... e deve queimá-la no mais profundo inferno. – Eu seco minhas mãos na minha calça e me sento no banquinho. – ... deve consumir a terra com seu progresso... – Percebo pequenos buracos para respirar ao lado da caixa, embaixo. – ... e incendiar as fundações de montanhas... – Há um retrato de Cristo na parede de madeira. – Eu acumularei prejuízos com eles ... – Jesus não está na cruz. Ele parece estar de bom humor, amistoso, quase sorrindo – ... eles devem queimar com fome, devorados pelo calor... – Há um bichinho preto se arrastando lentamente até meu pé – ... e com amarga destruição... – Eu espero até que ele esteja perto o suficiente e levanto a Bíblia sobre ele -... Eu também enviarei os dentes de bestas sobre eles... – De repente o bicho se fecha numa bolinha. – ... com o veneno... – Eu fico de pé e esmago o bicho enrolado o mais forte que consigo com o livro. Aaron pausa ligeiramente e então continua – ... de serpentes do pó. Pois uma chama foi acesa... – Fico sentado no banquinho e tento encontrar a passagem que Aaron me mostrou – ... em minha ira... – eu jogo o bicho esmagado para fora do livro.

Um pouco antes da minha avó abrir a porta do quarto onde estamos, Aaron pára de recitar. Eu apenas o escuto sussurrando para si mesmo e resmungando. Ele não me responde quando tento falar com ele. Penso em abrir a porta, mas tenho medo de que ele tenha sido levado para uma fornalha ardente e que um cão selvagem do inferno esteja em seu lugar, esperando por mim. Começo a recitar porque sei o capítulo de cor agora. Ele não diz nada, apenas chora, como um cachorro.

Quando escuto passos descendo as escadas, eu agarro a Bíblia, que havia colocado encostada na porta de madeira para tentar trancar o mal lá dentro, como em filmes de vampiros.

– Alguém está vindo – eu sussurro para avisar quem quer que esteja lá dentro. Minha avó entra no quarto e me sinto aliviado, mas ainda com medo. Levanto o livro na altura do rosto, como se eu estivesse lendo.

– Já faz uma hora – ela diz, seus lábios mostram decepção. Ela bate no teto da caixa. – Hora do banho – ela anuncia.

– Quantos erros ele cometeu, Jeremiah? – Ela não olha para mim. Ela se inclina e destranca a porta. Escuto Aaron se mexendo lá dentro. A porta se abre com um longo rangido. Eu prendo o fôlego. – Jeremiah! – ela me chama.

– Nenhum, não fez nenhum – eu sussurro e olho o buraco preto na caixa.

– Sua mãe nunca te ensinou a Bíblia, ensinou? – Ela sacode a cabeça enquanto um pé, depois uma perna brilhante de suor, aparece. – Venha, Aaron. – Ela bate na caixa. A outra perna de Aaron sai, depois o resto dele. Ele se senta curvado na frente da caixa. – Aaron, eu tenho tarefas a fazer – ela diz com impaciência. Ele chega até meu banquinho, dou a mão para ele, que segura com força e se coloca de pé. Ele treme. Seus joelhos e a frente de suas panturrilhas estão cheios de buraquinhos vermelhos. – Suba. – Ela se vira e sai do quarto. Aaron dá passos cambaleantes como um bebê atrás dela, fugindo da luz. Coisinhas verde-marrom redondas caem dele. Ela apaga a luz e eles vão para o segundo quarto. Fico olhando o buraco aberto como uma boca na caixa. Eu me abaixo e coloco a mão dentro da caixa, catando o que está no chão. – Jeremiah – minha avó chama. Saio correndo e os alcanço. Aaron anda como um aleijado. Minha avó o apressa com estalos de língua. Eu sigo a sombra de Aaron e abro minha mão sob a luz fluorescente da escada. Rodam em minhas mãos pequenas ervilhas, ervilhas durinhas.

Aaron me ensinou a Bíblia e as regras, e eu aprendi. Aprendi bem o suficiente para fazer uma longa viagem até a cidade e ter minha própria esquina. Eu carrego panfletos em uma mão e os entrego com a outra. Todos os dias eu prego sobre o fogo do inferno e a danação. Fácil e simples. Garotos passam de bicicleta e de skate e cospem em mim. Adultos ou abençoam-me ou puxam minhas bochechas e passam a mão no meu cabelo escovinha. Mas eu sei que vou para o céu. Sei que o mal me deixou. Quando a polícia passa, não seguro mais o fôlego. Posso senti-lo trabalhando através de mim, fazendo seus milagres, salvando e curando. E quando eu caio, quando eu o desagrado, eu pago, como Aaron, me inclinando na mesa, respirando sobre a madeira ricamente polida, e esperando que ele coloque sua mão na minha cabeça por um minuto. Eu choro e fico limpo. Estou com ele, meu avô, apenas ele, eu e a vara da correção, me recuperando.

E a verdade é que às vezes eu erro as lições de propósito e não digo "senhor" ou "obrigado", eu me deixo ser pego lendo um livro do seu estúdio, quando começo a sentir falta do cinto pendurado no gancho de prata atrás da estante de livros de seu escritório. Eu preciso ser colocado no meu lugar, sentir seu hálito quente de menta nas minhas costas e ouvi-lo ofegando silenciosamente enquanto desce o cinto; vê-lo enxugar a sobrancelha com seu lencinho branco bordado que ele cuidadosamente tira do bolso. Eu sempre o agradeço depois, como os outros fazem, mas eu falo sério. Não o xingo depois, falando para os outros que nem doeu. Meu coração sente-se preenchido, até que, lentamente, se esvazia. Às vezes eu preciso de mais do que o aceno que recebo quando memorizo a Bíblia melhor do que os outros, quando eu ajudo Job a me esfregar com tanta força que minha pele fica em carne viva, quando deduro Aaron novamente por não usar papel higiênico quando segura seu troço para mijar. Eu sinto seu amor vaporizando sobre mim. Eu deixo Aaron me dedurar. Eu o deixo se sentir mais perto de Jesus, dou a ele o presente de se sentir poderoso com meu avô enquanto ele me entrega. Mas tudo o que ele consegue é um aceno do meu avô, como o que eu consigo quando eu o delato. Ele consegue o mesmo aceno com o rosto fechado e sinal de dispensa, mas eu fico lá e sinto o seu amor.

LAGARTIXAS

Até que um dia ela chega. Escuto sua voz do andar de baixo, alta e pastosa. Ela está pregando. Eu corro da cama para o corrimão e olho para baixo.

– ... mas ele é poderoso – ela grita. – ... e nunca deixa a culpa ficar impune – ela diz "impune" devagar, como se fosse várias palavras e um xingamento também – ... Nahum 1:3, seu porra! – Escuto o barulho de um tapa. Desço correndo as escadas. – Culpado, culpado, culpado – ela diz.

– Saia desta casa imediatamente – eu o escuto dizer, mas sem sua voz comandatária de sermão.

– Jere-my-yah – ela grita cantando. – Meu garoto, certo? – ela diz – Ou ele é seu? Eu sou a puta, não consigo me lembrar, talvez você consiga. – Tapa de novo. Ela ri, depois grita meu nome. – O que você vai fazer, chamar os tiras?

– Saia imediatamente – ele diz, mas há algo estranho em sua voz. Eu fico no fim da escada, ofegante, nenhum dos dois se volta para mim.

– Nós vamos – minha mãe diz para ele. Minha avó fica num cantinho, enrolada num roupão bem apertado. Seu rosto parece magoado, mas seus olhos observam com fúria. – Jeremiah... – Sarah estica a mão. Sua pele brilha como mel quente e seus dedos se sacodem como pequenos galhos de árvores. Ela não olha para mim, mas eu ando vagarosamente até ela como se estivesse num transe. Estico minha mão para cima, mas quando estou perto dela não tenho de esticar como eu costumava fazer. Coloco minha mão na dela, está quente e ela aperta. Meu avô não diz nada. Minha avó não diz nada. – Até mais! – Ela vira minha cabeça para o meu avô. A boca dele se mexe para cima e para baixo, mas não diz nada. – Deus te abençoe e obrigado por tornar meu filho uma aberração de Jesus – ela diz e abre a porta. – Porra de hipócritas, seu porra! – ela grita, batendo a porta atrás de nós.

O concreto está gelado nos meus pés descalços, mas eu adoro a liberdade de estar pisando nele.

– Jesus... – Ela suspira, se vira e cospe na porta. Não posso evitar de rir. – Gostou disso, garoto? – Ela olha para mim pela primeira vez. – Putz, você está grande. Ele deve ter dado mais comida para você do que dava para mim. – Seu cabelo está curto e arrepiado com uma mecha verde. Ela tem uma argola no nariz. – Ele não vai se meter comigo – ela resmunga. Me puxa escada abaixo com ela. – Eu o venci. – Há algo nas sombras. Ela se move loucamente e a sombra dá a ré. – Te disse, somos parceiros – ela diz, batendo na minha mão. Pisamos na grama, eu afundo meus dedos do pé na umidade e rio novamente. Ela larga minha mão e abre a porta de um caminhão. – Esse é seu novo pai – ela diz.

Dirijo meu sorriso a um homem com boné de *baseball* virado para trás que acena para mim. Olho para trás para a porta de entrada fechada.

– Vamos lá – ela diz e estala a língua como minha avó. Eu subo e fico atrás de seu banco, mecanicamente. Ela se senta na frente – Foi fácil pra caralho... te disse que ele não se meteria comigo. – Ela batuca no enorme painel. – Não com o que tenho contra ele. – Eu quero perguntar o que é, mas só consigo me virar e olhar a porta de entrada ficando cada vez menor.

– Esse é o Kenny. Ele tem seu próprio negócio – ela diz e passa uma garrafa dentro de um saco de papel para ele.

– Então, homenzinho, sua mão não é algo? – Ele tem um rosto áspero, bruto, mas amistoso e bonito.

– Dois anos – ela diz e pega a garrafa – dois anos.

– Se não estivéssemos passando por perto, podiam-se passar mais dois. – Ele ri. – Essa não foi como uma parada para cigarros.

– O que é meu é meu – ela diz.

– Deve ser, mãezinha – ele diz. Agarra o cabelo dela com suas mãos grandes e peludas e a puxa para um beijo. – Agora, eu sei que você teve educação religiosa, mas não vamos ter nada disso aqui. – Ele aponta para um crucifixo prateado pendurado no retrovisor. – Tenho meu próprio relacionamento com o Senhor, mas se você começar a pregar, te digo... aí está a porta, não deixe que ela bata na sua cara, entendeu? – Ele pisca para mim. – Agora, há uma caminha aí atrás. – Ele aponta para uma cortina de cetim prateado. – Vá para cama. – Ele indica com a cabeça. – Vá. – Eu atravesso as cortinas até um quartinho no fundo da cabine do caminhão. Subo em cobertores com cheiro de suor sobre um colchão e adormeço com o zumbido grave do caminhão competindo com a risada dela.

– Vai estar de ouvido atento para mim, Kenny.

– Através da abertura na cortina eu vejo Sarah abaixando-se para vestir uma peruca platinada e levantar dançando, vestida num top com os ombros nus.

– Sempre estou. – Ele bate na direção.

– Nunca está e não vou me matar enquanto você faz uma maldita lagartixa.

– Vou ficar bem aqui, de olho em você, lendo uma revista em quadrinhos. – Ele vira as páginas do seu livro de registro. – A última pesagem nos atrasou. Temos de brincar um pouco. – Ele sacode a cabeça sobre as páginas. – E ainda paramos para pegar seu filho...

– Não pentelha, vou conseguir mais do que a corrida toda. – Ela dobra as pernas e as coloca entre as dele. Ele coloca a mão na coxa dela.

– Por que acha que vamos parar, querida? – Ele põe a mão atrás da cabeça dela e começa a puxá-la para baixo.

– Não, nem venha borrar meus lábios, a não ser que queira pagar por isso.

Ele ri e a larga.

– Faça bem essa noite. Vou ficar de olho. – Ele bate na bunda dela, enquanto ela puxa suas pernas de volta, ela cochicha algo no ouvido dele que o faz rir.

– Mais tarde – ela diz e eu a vejo abrir a porta.

– Você que sabe – ele diz e olha seu livro, aberto em seu colo. A porta fecha, ele suspira e joga o livro para o lado. Liga uma fita de música country e começa a pular, fazendo a cabine sacudir como num passeio de roda-gigante. Eu cubro minha boca para não rir alto enquanto ele sacode a bunda e passa desodorante embaixo do braço, dentro do jeans e no cabelo, que ele escova e puxa até que se pareça com uma ponte na sua cabeça. Ele aperta um grande tubo azul de Crest[2] na sua boca. Fico esperando ele cuspir, mas ele não cospe. Ele lambe os lábios e calça botas de cowboy com pele de oncinha. Abre a porta e eu escuto os passos metálicos de sua bota nos degraus do caminhão, mas ele volta, tira o crucifixo do retrovisor e o coloca no pescoço. Então parte, desligando a luz e batendo a porta atrás de si. Escuto seus passos se afastando e levanto da cama até a janela. Vejo-o desaparecer numa longa fila de caminhões, alinhados como dragões adormecidos.

Está escuro na cabine e eu não sei como ligar as luzes. Há um pequeno banheiro atrás da cortina e eu preciso ir, mas lá atrás está escuro demais. Fico olhando a cortina prateada e esperando ver os olhos vermelhos de Satã atrás de mim. Meu coração pula no peito e eu coloco a mão no trinco da porta ao lado do banco vazio da minha mãe. Minha bexiga está quase estourando. Uma luz forte passa através do pára-brisa e eu penso que é outro caminhão, mas então vejo os olhos vermelhos flutuando dentro da luz, desencarnados, brilhando como vaga-lumes. Eu puxo o trinco e empurro a porta o mais forte que consigo. Ela se abre e eu me penduro do lado de fora. Meus pés flutuam sobre o asfalto como se eu fosse uma isca numa linha de pesca. Eu me solto e piso no chão, me desequilibrando um pouco enquanto um caminhão de dezoito rodas passa. Logo eu recupero o equilíbrio, pego a porta do caminhão e fecho com toda a força, antes que Satã possa escapar. Fico lá, ofegante, olhando para a porta fechada, esperando que Satã comece a latir e a bater na janela. Espero até que meu pé

---

[2] Crest: marca de pasta de dente.

começa a congelar, o que não demora muito porque eu percebo, olhando para baixo, que estou descalço e de pijama.

– Bata! – Eu digo alto, e minha voz soa baixa e fraca no ar frio e sem vento. A pressão na minha bexiga me golpeia por dentro. Olho ao redor, não há ninguém, então me apóio no pneu e mijo, com os olhos na porta. Escuto o clique da porta se abrindo. Satã está saindo. Dou um passo atrás, meu mijo formando um arco preguiçoso para fora de mim. – Teve uma boa noite, querido? – escuto de trás de mim. Dou um salto e me viro de repente, com o mijo ainda saindo, recusando-se a parar. A porta da cabine do caminhão ao lado do nosso se fecha e uma garota desce as escadas olhando para mim.

– Você vai me regar agora ou o quê? – O mijo diminui para um fio. Ela sorri. – Acho que você já quase terminou – diz ao meu lado. – Por que não esconde esse feijãozinho antes que assuste todo mundo? – Eu pisco para ela e olho para o troço na minha mão. Ela ri e formam-se covinhas no seu rosto. Coloco meu troço de volta para dentro do pijama e me viro para nosso caminhão, esquecendo Satã e só querendo fugir dela. Subo os degraus e puxo a porta, mas está trancada. Tento de novo.

– Aqui... – ela sobe ao meu lado. – Deixe-me ajudar. – Ela puxa a maçaneta, mas não se move. – Acorde-os – ela bate forte na porta e sorri para mim. Usa bastante maquiagem e brilha como purpurina. Ela não parece velha, embora haja algo gasto nela. Seus olhos pintados de preto se viram. – Eles estão aí? – Ela bate de novo. – Eu balanço a cabeça. – Cadê eles?– ela pergunta e desce os degraus. Sua saia é tão curta que, quando desce, vejo sua calcinha vermelha. Encolho meus ombros e tento abrir a porta mais uma vez. – Você ficou trancado fora – ela diz, mordendo os lábios finos. – Você vai ter mais sucesso batendo sua cabeça na parede. – Um contorno cor de ameixa delimita as fronteiras de sua boca, dando a ela uma aparência de durona. – Venha – ela faz sinal para mim e começa a caminhar. – Venha, você não pode ficar aí a noite toda, vai congelar... venha ... – Ela me puxa com força. O metal frio dos degraus começa a me queimar. – Venha! – Eu salto e a sigo.

– Milkshake – ela diz, sem parar ou se virar. Ela estica a mão para trás. Suas unhas estão pintadas de dourado.

– Não, obrigado, senhora – eu murmuro. Ela pára e se vira para me encarar.

– Não estou te oferecendo. Eu sou Milkshake. – Ela vira os olhos e estende a mão de novo para eu cumprimentá-la. Dou minha mão e ela balança com força. – E você? – Ela me solta sem esperar uma resposta e começa a andar. Anda de salto alto como se fosse sandália, com os pés perdidos dentro deles, fazendo barulhos flip-flop. Eu a sigo.

– Sou Jeremiah – digo a ela.

– Bacana – ela diz. – Prazer em conhecê-lo. Eu não queria ser você. – Ela ri. – Só estou brincando. – Sacode os cabelos. –Olhe lá... – aponta para um velho furgão espremido entre dois caminhões. Ela começa a correr um pouquinho, com os sapatos arrastando. Ela se abraça. Só está usando um top, vermelho como suas roupas íntimas. – Venha – ela grita, e eu corro para alcançá-la. Ela pega uma bolsinha de couro pendurada nos ombros. Consigo ver dinheiro amassado dentro. Ela tira chaves e abre o furgão. – Entre. – Sobe na frente e liga as chaves da ignição. Eu entro em pânico. Escutei histórias sobre crianças sendo raptadas, sacrificadas e comidas. Eu puxo o trinco da porta. – Relaxe! – Pega meu braço. – Não vamos a lugar algum. Só estou ligando para fazer o aquecedor funcionar. – Ela aponta para um troço bege de metal sujo perto dos meus pés. – O aquecedor... viu? – Ela senta no banco ao meu lado. – O que eu faria com você, de qualquer forma? – Ela tira os saltos e massageia os pés. – Droga – ela diz. Há fios puxados nas meias dela. São pretas. – Então, aquele é o caminhão do seu pai? – diz, puxando os dedos do pé.

– Não é meu pai de verdade – digo. Raramente eu falo alguma negativa para meus avós. Eu quase sinto o gosto de sabão na minha boca. Sarah diz "não". Diz bastante.

LAGARTIXAS

– Mas é o caminhão dele? – Ela cospe nos pés e massageia com mais força.

– É dele. Sarah, minha mãe, disse.

– Ele acha que é fodão. Aquilo é um galinheiro – ela diz. – Gasta a maior parte da grana dele com cromo. – Eu dou de ombros. – Tem banheiro lá?

– Arrã, TV e geladeira também, e uma cama.

– É um condo, droga. O que ele carrega? – Eu dou de ombros. – Ele é um idiota? – Dou de ombros de novo. – Vê todas essas luzes lá fora? Luzes de galinheiro. Qualquer caminhoneiro com elas é um idiota... Conheço caminhoneiros. – Ela morde os lábios. – Gosto de homens Kenworths. – Ela cheira seus pés.

– Droga, eles fedem. – Estica um deles até mim. – Quer cheirar? – Eu puxo a cabeça, rindo. Ela enfia o pé na minha cara. – Não te cobro nada. Vamos, dá uma fungadinha – diz rindo. – Eu tento empurrar o pé dela. Escorrego do banco, rindo tanto que fico com os olhos cheios de lágrimas. Empurro o mais forte que consigo, mas o riso me deixa mais fraco. – Implore por piedade – ela diz.

– Não. – Empurro com mais força, mas ela abaixa o pé.

– Piedade – ela ri – implore...

– Não! – Eu grito.

– Então sofra – ela grita e força o pé na minha cara.

Eu me debato e grito entre risos:

– Piedade, Piedade! – Ela esfrega o pé na minha bochecha e então tira, voltando para seu banco, limpando lágrimas negras de rímel do rosto. Ficamos em silêncio, recuperando o fôlego. Depois de alguns minutos, ela pergunta se estou com fome.

– Tenho Dunkin Donuts em algum lugar, ela diz e procura atrás.

– O carro é seu? – pergunto.

– O quê?!! – ela pergunta, trazendo a caixa rosa e branca. – Quantos anos você acha que tenho? – Dou de ombros. – É da minha mãe. – Ela abre a caixa. – Sirva-se. – Pego um de chocolate granulado. Ela pega um de creme. – Quantos anos você acha que eu tenho? Adivinhe! – Ela é mais alta do que eu, não muito, mesmo com salto, mas usa maquiagem e se veste como adulta. Eu balanço a cabeça e limpo migalhas na minha boca. – Tenho doze, quase treze, não posso dirigir ainda, idiota. – Ela fala de boca cheia.

– Tenho dez. – Minto.

– Parece mais novo. – Ela dá uma boa mordida e o creme lambuza seu nariz. Não digo nada.

– Cadê sua mãe? – Eu pergunto.

Ela bufa.

– Minha mãe é uma cara-e-coroa, você sabe, uma pedreira.

– O quê?

– Crack. Puta de crack. Ela faz viagens. Não vai voltar tão cedo. – Eu aceno, apesar de não estar certo de ter entendido. Mas fico feliz que a mãe dela não vá voltar. Ela lambe os dedos. – Eu cuido de mim mesma. Além disso, todas as lagartixas ficam de olho em mim.

– Lagartixas? Minha mãe se preocupa com o Kenny fazendo lagartixas.

– Bem, ela deve estar nesta parada de caminhões. – Ela engole. – Eles não param à toa, a maioria delas ignora os sinais, mas eu não. Se não me querem, não fico batendo nas portas. – Ela dá outra mordida. – Seu pai não tem nenhum sinal no caminhão. – Ela ri, me mostrando seu bigode de creme.

– Que sinais?

– Sinais de lagartixa, idiota.

– O que são sinais de lagartixa?

– Não sabe o que é uma lagartixa? – ela pergunta, com a boca aberta e migalhas de donut caindo em sua roupa. Respondo que não com a cabeça. – Ok, ela engole – uma lagartixa é uma prostituta. Sexo por dinheiro. – Eu aceno. – Se você está trabalhando numa parada de caminhões – ela aponta para si mesma – você é bem lagartixa. Entendeu?

LAGARTIXAS

– Uh-hum. – Vou até a caixa e pego um donut de creme como o dela.

– Agora, um sinal é... Ok... espere. – Ela se levanta e vai até o fundo. Vira-se com uma lanterna. – Venha cá. – Ela aponta a luz pela janela na porta do caminhão escuro ao nosso lado. Eu me abaixo perto dela. Ela tem cheiro de perfume, mas forte demais, fico um pouco enjoado. A luz dança sobre adesivos na porta. – Olha. – Ela aponta um adesivo com o desenho de uma lagartixa vestida de forma extravagante e um risco vermelho sobre ela. – Viu? – Ela se vira para mim. – Isso significa que ele não quer nenhuma. – Ela desliga a lanterna. Eu volto para meu banco.

– Kenny não bota esses adesivos – Eu digo "bota", não "coloca", como Milkshake faz, como Sarah diz às vezes, como Aaron e os outros nunca diriam na frente do meu avô.

– Te disse – ela diz e acena.

– Sua mãe é uma lagartixa?

Ela assente.

– Também sou – ela diz e se vira para olhar pela janela. – Tá congelando. – Ela diz batendo na janela. – Tem sorte que te achei.

Adormecemos no banco de trás. Eu acordo antes dela. Sua cabeça está apoiada entre meus pés e suas pernas dobradas estão no assento. Não me mexo, mesmo sentindo formigamento.

Quando ela acorda, sai rapidinho das minhas pernas e se senta. Eu finjo acordar devagarinho.

– Tenho de mijar. – Ela diz enquanto me sento.

– Não é condo aqui. – Vai até o fundo, volta com papel higiênico, botas e uma jaqueta e se veste.

– Já volto. – Ela vai para trás do carro. O céu está clareando com riscos azuis e as montanhas distantes parecem montes roxos. – Sua vez. – Ela entra de volta e me passa o papel higiênico. – Quer café da manhã? – pergunta, abrindo um espelhinho. – Ui, que horror. – Cospe no dedo e esfrega na mancha preta abaixo dos olhos.

– Eu não tenho... não estou com grana – digo a ela.

– Não brinca. Não achei que você tinha escondido no seu cu, achei? – Sinto meu rosto vermelho e viro o rosto. – Eu pago, mas precisamos vestir você. – Ela vai pro fundo e abre malas. – Aqui... – me joga um jeans e uma malha. – Coloque sobre seu pijama e vai servir, ok? – Vai jogando mais. – Aqui... – ela me dá um par de sapatos e dois pares de meias. – Coloque as duas e experimente. – O tênis é um pouco grande, mas fica no pé. Levanto o pé e mostro a ela. – Agora você um cowboy.

Saímos em direção ao restaurante, o único aberto vinte e quatro horas. Um sinal na entrada diz "Caminhoneiros" e uma flecha abaixo indica um caminho, uma outra dizendo "Todos os Outros" aponta para outra direção. Vamos ao contrário de "Caminhoneiros".

Comemos ovos e bife e batatas fritas e café e chocolate quente e ela aponta para homens ao redor. Conta quais não têm dentes e quais choram como bebê quando gozam. Ela explica tudo isso para mim, gozar, cola branca, e quanto tudo isso vale.

– Eu faturo bastante – ela diz. – Um monte deles gosta de garotinhas. E se eu disser a eles que sou uma bomba de cereja... uma virgem...

– Como Maria – eu digo.

– Sim – ela ri – isso. Eles pagam uma grana alta.

– Então por que você não tem uma casa ou um caminhão?

– Mais café, querida? – A garçonete gorda sorri para nós e enche a xícara da Milkshake.

– Obrigado, Cilla. – Ela abre e vira dez pacotinhos de creme – Minha mãe fuma tudo – ela diz olhando para seu café branco. – É minha culpa. Eu sempre acredito nela, daí o dinheiro se vai. – Ela assopra o café. Olhamos ele ondular. – Mas se eu largá-la, ela morre...

– Sei como é – digo a ela.

Ambos olhamos para fora pela janela e vemos caminhoneiros saírem e desaparecer.

LAGARTIXAS

Nós paramos no caminhão do Kenny depois do café, mas ninguém atende quando eu bato. Então voltamos para o carro da Milkshake.

Ela pega uma minúscula TV à pilha e assistimos seus seriados e programas de auditório. Quero assistir desenhos, mas tenho vergonha de pedir. Na verdade, não assisti nenhum desde antes de ir morar com meus avós. Não assistíamos TV lá. Uma vez, eu estava pregando perto de uma loja de TVs e caí na tentação. Entrei e assisti *Rainbow Brite* e *Os Smurfs*. Me sentei no chão, no cantinho, até terminar. Tive medo de ir para o inferno e dois dias depois confessei para o meu avô. Não consegui me sentar por uma semana, mas me aliviei do pecado.

Comemos mais donuts, daí vamos ver se minha mãe já voltou. Tenho medo de ir, com medo de haver apenas um espaço vazio no lugar do caminhão.

– Minha mãe provavelmente está muito preocupada – digo a Milkshake.

Escuto gritos dentro da cabine. Milkshake fica parada do lado. Eu prendo a respiração e bato. O grito dentro continua. Bato com mais força. Sarah abre a porta, vestia igual na noite passada, parecida com Milkshake.

– Que foi?! – Ela diz

– Voltei – digo.

– Agora não – ela diz e dá as costas, batendo a porta. O grito continua.

Não quero olhar para Milkshake. Fico olhando a porta fechada do caminhão. Sinto sua mão na minha.

– Venha – ela diz – Está passando *All My Children*. – Eu a deixo me guiar de volta para o carro.

Volto várias vezes e checo o caminhão. Sempre há gritos dentro, então eu não bato. Quando volto depois do sol se pôr, a cabine está escura e ninguém responde à minha batida.

– Olha isso – Milkshake diz e sobe no banco da frente. Ela vestiu outra saia curtinha, dourada, e seu rosto está pintando com purpurina novamente. – Isto é um CB – ela diz apontando para o rádio no painel.

– Eu sei, Kenny tem um...

– Aposto que Kenny não faz isso... – ela liga o CB, barulho de estática e de homens falando preenchem o carro. Ela olha para mim e pisca. Segura o microfone e aperta.

– Violador 1-9 – ela diz.

– Vá em frente, violador – uma voz de homem responde.

– Milkshake aqui por R 'n' R, câmbio.

– Calf Roper aqui, querida, onde você quer ir? – ele diz.

– Vinte e oito por meu 10-20 – ela diz.

– A xotinha está livre hoje de noite? – um homem diferente diz.

– Milkshake indo para vinte e oito. Visite e descubra. – Ela se estica e muda o canal. – Violador 2-8 – Milkshake diz.

– Espere um minuto, Violador – uma voz de mulher diz.

– ... sugar a vida de você, benzinho – uma voz gutural feminina ecoa no CB.

– Estou esperando ao lado do galinheiro – um homem responde.

– Esteja lá, Smokestacks (Chaminé) – ela diz.

– Vá em frente, violador – a primeira mulher diz.

– Milkshake aqui por R 'n' R

– Calf Roper pegando você, baby – o homem de antes diz.

– Não se cansa de mim, cansa?

– Não, senhora, não consigo.

– Estarei lá.

– Milkshake, precisa de ajuda com aquele ladrão de berços? – uma mulher pergunta.

– Nah, Sweet Lips (Lábios Doces), eu é que vou roubá-lo. É um 10-7. – Ela se estica e desliga o CB. – Acabo de ganhar dinheiro para nosso jantar e para fliperama. Ela se inclina para trás e ri.

– Mas você tem de fazer coisas com ele? – pergunto, olhando para o rádio.

LAGARTIXAS

– Nada demais. Eu sento na cara dele, bato uma punheta para ele e consigo vinte e cinco dólares. – Ela coloca os saltos.

– Ele disse que queria tudo isso agora?

– Não, eu o conheço, é repetido, fiz noite passada. – Ela se olha no pequeno espelho rosa. Eu balanço a cabeça. – Bato em portas como sua mãe faz. – Ela fecha o espelho.

– O quê?

Ela abre a porta do carro. – Você não sabe... sua mãe é bem lagartixa também. Fecha a porta. Acena e vai embora.

Não digo nada para Milkshake quando ela volta e liga o rádio de novo. Finjo estar dormindo. Ela liga o rádio mais alto. Quero cobrir minhas orelhas. Tenho medo de escutar Sarah. Milkshake parte para outro encontro, mas deixa o rádio ligado. Eu aumento o volume da TV o máximo possível, mas ainda consigo ouvir os gemidos pelo rádio.

De manhã, tomamos sundaes no restaurante. – Quero ter um. – Digo para ela.

– Ter o quê? – ela pergunta, pegando calda quente de caramelo.

– Um encontro, como você. – Bato com a colher na mesa.

– Você não pode, você é jovem demais, e é menino.

– Não sou!

– Não é o quê? – Ela olha para mim com a maquiagem no rosto borrada. – Não é menino?

– Às vezes não sou – digo a ela, olhando para baixo. Ela se estica embaixo da mesa e apalpa entre minhas pernas. Eu salto para longe, com a colher caindo no chão. – Desgraça! – Eu grito e então mordo meu lábio com força por ter xingado.

– Você é um menino, apesar de eu ter minhas dúvidas – ela ri. Eu me forço a lembrar que meu avô não está aqui e volto a respirar. – Desgraça! – Eu digo de novo e sorrio.

Tomamos duchas de graça na parada de caminhões, calçando tênis, porque as duchas são viscosas demais para pisar descalço.

Quando Milkshake vai para o carro dela dormir, eu volto para meu caminhão. Mexo na porta e está aberta. Entro rapidamente.

– Kenny? – Sarah chama de trás da cortina prateada.

– Não, não senhora – eu gaguejo. – Sou eu.

– Venha cá.

Ando cuidadosamente até a cortina e a empurro devagar.

Sarah está na cama cobrindo os olhos das frestas de luz. – Venha cá – ela diz e me faz sinal.

Caminho até ela pesadamente, como se estivesse pisando em manteiga de amendoim. Ela vai querer saber onde eu arrumei as roupas e onde eu estive. Ela bate na cama para eu sentar ao lado dela. – Deite-se – ela diz. Eu pisco para ela. Sua maquiagem está borrada como a de Milkshake. – Deite-se – ela repete. Consigo ler seu tom. Não está brava, nem mesmo preocupada. Eu me jogo ao lado dela, com metade da minha cabeça no travesseiro. – Você é tudo que eu tenho – ela diz. Coloca um braço em volta da minha cintura. Fico de olhos bem abertos olhando a cabine, a privada branca brilhando como uma luz fluorescente e a minúscula geladeira zumbindo cheia de coca-colas e iced coffees. – Ninguém pode tirar você de mim. – Ela diz. Fico olhando uma seringa usada no chão e uma bolinha de algodão ao lado dela, como uma nuvem caída. – É melhor que você não me deixe – ela diz e suas mãos se movem entre minhas pernas e ficam jogadas lá. Eu percebo um fino fio de sangue escorrendo em seu braço, como o vazamento de uma pia. Ela inspira, meio num ronco. Levo minha mão até seu braço e limpo o sangue com meus dedos. Ela ronca, então resmunga. Eu coloco os dedos na boca e limpo o sangue deles, como um gato lambendo seus recém-nascidos.

– Sou seu – eu sussurro, me encosto no corpo dela e tento dormir.

Acordo sentindo o caminhão roncando abaixo de mim. Sarah não se mexe enquanto eu me puxo debaixo de seus braços e vou para frente.

LAGARTIXAS

– Onde você esteve? – Kenny diz, sentado no banco do passageiro e dando partida.

– Estamos partindo agora, senhor? – pergunto olhando para o estacionamento e procurando o furgão da Milkshake.

– Partindo agora? Deveríamos ter partido ontem. – Ele pega um Marlboro no bolso.

– Por favor, podemos não ir ainda, senhor? – Eu me agarro atrás de seu banco enquanto aceleramos, seguindo os sinais interestaduais.

– Não ir ainda? Putz, não! Garoto, eu acabei de dizer, já devíamos ter ido! – Ele acende o cigarro. – O que você estava fazendo por lá que não quer ir embora? De onde tirou essas roupas?

– Conheci uma família e eles cuidaram de mim, me emprestaram essas roupas e sapatos. E eu preciso mesmo devolver e dizer obrigado ou algo assim, senhor.

– Bem... – ele ri – você acaba de conseguir roupas novas, você precisava mesmo. Nós não vamos voltar. Ele acena para mim. Venha cá que eu vou deixar você tocar minha nova buzina de trem. – Sinto minha boca seca quando vou para o lado dele. – Isto aqui é uma alavanca de metal. – Ele pega minha mão e a coloca numa corrente dourada pendurada no teto da cabine. – Quando eu mandar, puxe para baixo... puxe para baixo. – O caminhão entra na rampa interestadual e se encaminha para o fluxo de trânsito. – Agora, puxe agora. – Meu braço desce e Kenny sorri. – Não é o som mais lindo? – Ele diz enquanto o som wah-wah da buzina de trem ecoa ao nosso redor. – Mil e setecentos dólares me custou! – Nós passamos rapidamente pela parada de caminhões e eu puxo a alavanca mais uma vez, colocando minha despedida nela como um sinal de fumaça no ar.

Escuto a buzina de trem do Kenny pela última vez enquanto como sozinho num restaurante de caminhoneiros fora de Orlando,

---

[3] Cheerios: tipo de cereal da Nestlé com aveia com mel.

na Flórida. Olho ao meu redor mas tudo permanece igual, a garçonete ranzinza com sapatos brancos encardidos, com mechas de cabelo douradas brilhantes e uma saia rosa curtinha, se abaixando para grandalhões e suas mulheres maiores ainda, apertadas em bancos de plástico laranjas com seus filhos embasbacados.

Ninguém nota a buzina. Uma buzina de trem num caminhão. E ninguém olha para ver quem está passando e a que velocidade.

Eu afundo a colher no leite do meu Cheerios[3]. Sarah me ensinou a fazer Cheerios.

– Apenas Cheerios, nada de leite... Leite na mesa, não é preciso pagar pelo que eles vão te dar de qualquer jeito. – Ela vira o pote prateado em seu cereal e diz para eu pegar o pote de leite da mesa vazia ao nosso lado e fazer o mesmo. – A geléia é de graça. – Ela coloca metade da jarra da açucarada geléia de morango, e faz o mesmo com meus Cheerios. – A manteiga é de graça também. – Abre cinco pacotinhos de plástico e joga a massa amarela na tigela e manda eu fazer o mesmo. – Os lugares mais chiques têm também calda de mapple... – Ela vira metade do lento líquido âmbar na tigela, depois na minha, derramando na mesa quando passa de uma tigela para outra. – Agora isso dá o toque final... – Ela pega o tubo plástico de ketchup e aperta bastante, fazendo linhas vermelhas nas nossas tigelas e, novamente, ela não pára de apertar entre a tigela dela e a minha. – Agora, se você tem cinqüenta centavos a mais, você pede uma bola de queijo cottage. – Ela pega um garfo e começa a misturar tudo. – Então, se você tem estilo realmente, mais creme – ela pede à garçonete quando a garçonete pergunta bem alto para ela se aquilo é tudo. – Branquela vagabunda – Sarah resmunga enquanto a garçonete sai.

– Aqui... – ela se estica, agarrando o açucareiro de vidro como uma metralhadora e virando metade nas nossas tigelas e na mesa.

A buzina do caminhão toca de novo, mas longe, três toques porra-tô-aqui-fora.

LAGARTIXAS

– É preciso deixar os corações saberem o momento de começar a quebrá-los – Kenny dizia toda vez que tocava a buzina, quando saíamos de um posto. – Na verdade são as carteiras deles que doem. – Sarah dizia, rindo.

A buzina do trem ecoa através do nosso jantar, mas ninguém nem olha pela grande janela espelhada. Se você olhasse por um tempinho, conseguiria perceber o enorme contorno dos caminhões na noite, como uma caixa preta, como um submundo escondido, que ninguém quer saber que existe. Eu escuto a buzina do Kenny muito depois dela ter parado, muito depois de ele chegar à interestadual ouvindo finalmente suas fitas country, aquelas que Sarah não jogou pela janela.

Uma garota adolescente com cabelo ruivo e crespo, que ela não parava de pentear e puxar para baixo com as mãos, como se fosse um capuz em meio ao vento, me viu preparando meus Cheerios ao lado da mesa dela. Ela pega sua batata frita e olha para mim franzindo a testa quando eu coloco algo que é grátis na minha tigela. Quando eu pego o ketchup, ela faz uma cara feia. Eu finjo estar apenas olhando o tubo e coloco de volta. Espero até que ela se vire para sua mãe e aperto rápido o ketchup. Fazemos essa dança por um tempinho, ela tentando me enganar, não se virando realmente para suas fritas, me fazendo ficar nervoso e derramar uma listra vermelha no meu peito. Eu espero que ela ria. Ela apenas parece mais amargurada. Me sinto decepcionado e envergonhado. Não começo a comer até que ela e sua mãe vão embora.

O som da buzina ainda toca na minha cabeça. Não é surpresa; achei que aconteceria antes, achei que eu ficaria aliviado, aliviado de não ficar esperando ouvir o ruivo profundo dela toda vez que eu deixava o caminhão.

– Odeio punk rock – Kenny diz e tira a fita.

— Só bichas chamam isso de punk rock, Kenny. Quantas vezes vou ter de te dizer, seu ignorante ouvinte de country, branquelo vagabundo, chupador, caipira, cuzão...

Ele pega um punhado de fitas e joga pela janela. Ela grita e o ataca, surrando-o tão violentamente que ele quase bate em outro caminhão. Ele pára e corre pela rodovia como um coelho, voltando uma hora depois, com três fitas e o rosto cortado pelas unhas dela. Ele pega uma fita, toda desenrolada em seus dedos.

— Talvez a gente possa rebobinar, baby — diz olhando cabisbaixo, ao entrar na cabine.

Ela pega a fita quebrada.

— "The Subhumans", seu porra!

Eles não se falam até chegar na parada. Ela veste sua peruca e seu vestido brilhante. Ele diz que irá ficar atento. Ela parte, dizendo a ele que é bom mesmo. Ele não se veste como de costume. Me pergunta se eu quero outra revista em quadrinhos. Me dá cinco dólares e diz para eu não gastar tudo de uma só vez.

— Vá agora, antes que a loja de presentes feche.

Eu não vou à loja de presentes. Eu vou jantar. Não compro um hambúrguer, como eu poderia, nem mesmo peço queijo cottage.

Sinto o dinheiro no bolso do jeans que Milkshake me deu e penso no cinto de Kenny, dobrado sobre mim. Eu passo a mão sobre o couro macio do cinto e procuro no meu bolso além da nota de cinco dólares, como eu faço quando durmo de noite na cama de espuma na frente da cabine, quando eu tiro o cinto do meu jeans e o puxo com cuidado debaixo do cobertor de poliester. É Kenny, me segurando por trás, bufando na minha orelha, me pressionando, roçando o cinto em mim, como eu queria que ele fizesse, mas nunca faz, meu avô pregando, seu hálito mentolado e seu rosto tão rígido como se fosse esculpido em pedra, tão pleno, você sabe que há algo entre você e o poço sem fim. Cada pacote de bala e histórias em quadrinhos que eu roubei de lojas em postos está espalhado e eu sussurro.

LAGARTIXAS

– Por favor, me castigue, por favor: e eu me esfrego com tanta força que dói quando eu mijo no dia seguinte. Eu me esfrego com o cinto, enrolando e apertando. Eu enfio as unhas na pele macia do meu troço até eu chorar, até eu sentir o ponto de ruptura, mas não há ninguém por quem eu me derramar. Eu seguro o cinto até cair no sono.

– Ficar sonhando acordado de noite faz mal à saude. – A garçonete de cabelo azul diz para mim. Meus olhos se abrem e eu tiro a mão do bolso. – Esperando a mamãe? – Eu balanço a cabeça. As crianças estão sempre comendo sozinhas, a qualquer hora, nas paradas dos caminhões. Algumas são deixadas antes que seus pais vão farrear. Geralmente há crianças dormindo num banco dos fundos da lanchonete. Alguns caminhoneiros viajam com a família inteira. Já vi sete ou oito meninos saírem de uma cabine. Algumas garçonetes sorriem por você estar sozinho e trazem hambúrgueres e milkshakes de graça. Algumas dizem que não são babás e que, sendo você criança ou não, é melhor que dê uma maldita gorjeta. A maioria apenas me trata como um cliente não-caminhoneiro, relaxadas e com uma simpatia indiferente. Eu como outra colherada de Cheerios e imagino Kenny rindo e puxando a corrente, a corrente de metal da buzina que ele pule todo dia. Não tenho certeza se Sarah está com ele; pensar nisso torna impossível de engolir. A mão dela na mão dele, puxando a corrente juntos. Eu pago meus Cheerios e corro para onde o caminhão estava estacionado.

Está vazio, como eu sabia que estaria. Há um saco de lixo preto sobre o asfalto preto, entre manchas de óleo. Nossas coisas estão dentro, a maioria da Sarah. Encontro meus gibis perto dos saltos altos dela. Enfio a mão e encontro a caneta que roubei de uma loja de um posto na Geórgia.

Eu rasgo um pedaço de papel de um caderninho que roubei. Escrevo com a caneta vermelha e dobro. No meu caderno, escrevi cinco palavras em cada página. Enquanto viajávamos, eu escrevia histórias, mas colocava apenas uma palavra delas aqui e ali, para que quando Sarah pegasse para ver o que havia de tão interessante, não entendesse o código, não soubesse a história e não roubasse de mim. Mas eu vejo as palavras escritas apertadinhas entre as palavras impressas e posso ler a história da mesma forma cinqüenta vezes. Eu me sento no saco de lixo e espero ela voltar.

Escuto o som de seus saltos ecoando pelas fileiras de caminhões adormecidos. Desgrudo minha bochecha, cheia de baba, do saco de lixo. Ela não diz nada, apenas passeia os olhos pelo espaço vazio como se fosse uma miragem ao avesso, não vendo nada onde há algo realmente. Sua maquiagem está borrada e sua peruca está torta. Eu me levanto e passo para ela o bilhete, o papel de caderno dobrado. Ela vê bem de perto, lê, ri, e joga no chão.

– Aquele caminhão laranja... lá... – Ela aponta para o final da fila. – Estarei lá. – A voz dela escorrega pelos cantos das palavras, não pronunciando-as exatamente, mas eu a entendo. – Volte amanhã e seja minha irmã. – Eu concordo. Ela pisa no bilhete, as palavras derretem no óleo. – Alguém te esfaqueou – ela diz e aponta para a mancha de ketchup no meu peito. Ela se vira e cambaleia em direção ao caminhão laranja. – Traga o saco – ela diz por sobre o ombro. Enquanto anda, puxa uma corrente invisível três vezes.

Eu olho o bilhete, quase afundado no óleo.

– Eu te amo – está escrito, o "adeus" vermelho lentamente se torna negro.

De manhã, encontro o caminhão do Schneider, não tão brilhante e coberto de luzes como o de Kenny, mas de um horrível laranja brilhante, como cones de construção, e é por isso que os caminhoneiros chamam os cones de ovos de Schneider.

– Qual é seu nome, querida? – Ele dá um sorriso de lábios bem fechados, mas por causa de seus olhos caídos, mais parece que franze a testa.

– Chrissy, é Chrissy – Sarah diz, pegando o saco de lixo e tirando os saltos altos. Eu aceno um "olá" e o vejo passar os dedos pelo cinto de couro e depois no cabelo escovinha.

LAGARTIXAS

– Bela irmã que você tem, Stacy – ele diz para Sarah.

– Arrã – Sarah diz, enfiando papéis enrolados dentro do sutiã.

– Claro que é linda.

Eu sorrio de volta e pisco os olhos como as garçonetes oxigenadas fazem com os caminhoneiros.

Não gosto do cheiro do caminhão do Schneider. Sua flanela mofada, misturada com desodorante floral de mulher, me dá náuseas. Suas mãos são pálidas e seus dedos são longos e frouxos, como caules de margaridas, não calejados e pesados como os do Kenny, não do tipo que podem te esmagar facilmente se quiserem e, por alguma razão, isso me faz sentir frio e quente, ao mesmo tempo que não faz. Schneider belisca meu bumbum quando passo por ele. Ele esfrega minha bochecha com dedos escorregadios e úmidos como espaguete. Ele diz que sou uma menina bonita, como minha irmã. Gosto disso e sorrio olhando para longe de seus olhos turvos, olhos cinzas. Sarah o odeia. Ele não entende os remédios dela. Ele não a ajuda a amarrar o braço para fazer isso, então eu faço, enquanto ele caminha em frente à cabine e pede para que ela se apresse. Ela mostra o dedo para ele pelas costas; às vezes ele se vira, pegando-a, e ela finge estar enfiando o dedo no nariz. Ele também não gosta de punk. Só escuta entediantes talk shows de rádio. Ele desaprova com a cabeça quando eles falam sobre pervertidos ensinando nas escolas.

– Eles devem ser castigados – diz.

Ele arruma um quarto para nós, paga um mês quando viaja. Sarah quer que seja longe do posto, mas ainda em Orlando, em Orange Blossom Trail. Ele gosta que ela fique longe do posto, mas

– Orange Blossom Trail não é lugar para minha futura esposa...

– É barato, não é? – ela grita enquanto passamos pela larga rua escura, por portões de depósitos abandonados e neons com sinais de "GAROTAS, GAROTAS, GAROTAS" a cada dois quarteirões. Ela ouviu de alguém que aquele é o lugar para ficar. Schneider não gosta que fiquemos ao lado das casas de striptease mais baratas que ele já viu. – É barato, não é? – Sarah diz de novo e eles vão dar uma olhada.

Eu durmo na cabine aquela noite. Eles dormem no pequeno apartamento do motel. Ela insiste em pegar um quarto com fogão a gás para que possa cozinhar para mim. No dia seguinte, Sarah arruma emprego de striper no clube em frente ao motel.

– Porra de gorjetas do Mickey de novo. – Ela tira do sutiã os dólares falsos da Disney misturados com dólares reais. – Eles se acham tão originais...

Schneider liga todo dia por um mês. Como não há telefone no quarto, ele liga para um telefone público que fica ao final do corredor cheio de portas de compensado do motel. Sarah ou não está ou não responde quando alguém bate na nossa porta para o telefone. Eu vou no lugar dela.

– Como está sua irmã, docinho? – Sua voz tem um tom áspero de câncer no pulmão.

– Bem, senhor. – Passo minhas unhas sujas no cabo de metal do telefone.

– O que ela anda fazendo... nada de bom, querida? – Ele engasga e ri nervoso.

Eu vejo o neon azul piscando com o desenho de uma garota pelada à distância de uma pedra jogada.

– Está tudo bem, senhor – eu digo.

– Pode contar, baby... Vou ser quase como seu pai, vou comprar um monte de vestidos bonitos...

Eu afundo a unha na borracha preta numa fenda do cabo de metal do telefone. A idéia de ir comprar vestidos me deixa feliz.

– Eu vi um vestido de festa bem legal no T. J. Maxx – digo a ele.

– Que cor é, docinho? – ele pergunta.

Eu me enrolo no fio e aperto o telefone mais próximo. Viro a cabeça para longe do clube.

– Meio rosa – digo baixinho.

LAGARTIXAS

– É seu – ele engasga. – Você tem calcinhas que combinam? Pequenas calcinhas para combinar? – Sua voz é aguda, como se estivesse falando com um cachorrinho.

– Não – enfio minha unha mais fundo na borracha grudenta – senhor.

– Vou comprar umas pra você, docinho de coco.

– Ok... – Com o tênis eu chuto terra sobre um formigueiro infestado.

– Diga para sua irmã que eu a amo.

– Ok...

– Também te amo, docinho... – Faço que sim com a cabeça. – Agora diga que ama seu papai.

As formigas correm, procurando a entrada de seu lar.

– Diga que você ama seu papai – ele repete mais alto, mas soa como se estivesse chupando o telefone.

Algumas formigas acharam outro caminho, num outro buraco, cinco polegadas do buraco principal.

– Não ama seu papai? – Ele tosse.

Fico bravo comigo mesmo por não ter coberto os dois buracos.

– Docinho? Chrissy querida?

Eu me inclino e chuto terra no buraco de trás.

– Ainda está aí?

Agora elas estão em pânico de novo. Eu sorrio.

– Chrissy! – ele grita.

– Sim, senhor...

– Preciso ir... dê um beijo na sua irmã por mim.

– Vi um vestido amarelo bem bonito também – digo.

– Tudo o que você quiser. Eu te amo, docinho de coco.

Eu aceno e enfio a unha tão fundo na fenda do fio do telefone que consigo sentir os fiozinhos.

– Adeus – ele tosse – mande meu amor para sua irmã... minhas duas belas menininhas.

Eu aceno. Me pergunto se posso levar um choque se enfiar o dedo fundo demais.

– Está aí?... vou desligar agora... Alô? Adeus... tchau-tchau.

O telefone desliga. Eu enfio a unha tão fundo quanto eu consigo. Nada acontece. Desligo e piso nas formigas.

Uma manhã, do nosso quarto, escuto Sarah gritando no telefone público. Schneider deve tê-la pego no caminho entre a boate e o apartamento.

– Foda-se, seu pervertido! – Ela grita. – Não, você não vai voltar a menos que queira suas bolas murchas enfiadas no rabo!

Eu ligo o desenho do Pernalonga mais alto, mas ainda consigo ouvir o telefone sendo batido. Os vestidos nem eram tão legais mesmo.

Não saio muito do quarto do hotel. Nós saímos para jantar Cheerios e há um mercadinho perto, aonde eu vou a cada dois dias para comprar Ding-Dongs.

Os policiais estão atrás de mim de novo porque o mal está em mim novamente. Sarah disse que um policial veio à boate de strip e mostrou uma foto minha. Não acreditei nela, no começo, mas uma semana depois, sirenes e luzes cercaram o clube.

Eu me escondo embaixo da cama. A polícia bate nas portas dos quartos. Escuto chaves sendo viradas do lado de fora, entrando na fechadura. Eu me aperto no tapete empoeirado e mofado. – Viu? Nenhuma prostituta aqui, amigo – o gerente cubano diz. Lanternas passeam pelo chão. Consigo ver sapatos pretos pesados andando em minha direção. – Nada aqui! Nada aqui! – ele diz. Os sapatos andam para a cama. Eu prendo a respiração. Eles param, depois vão ao banheiro. Vejo a lanterna brilhando lá dentro. –Nada aqui, viu?

Sarah não volta por três dias.

– Eu fui presa, porra! – ela grita. Tira os saltos e joga em mim. Eu não desvio dessa vez. – Graças a Deus o clube nos tirou de lá... ou eu teria te entregado! – Seu rosto está amarelado e suas mãos tremem.

LAGARTIXAS

Eu fiquei a maior parte do tempo embaixo da cama, enquanto ela esteve fora. Eu saía para pegar os Ding-Dongs e para correr até o banheiro, mas às vezes eu tinha medo demais de fazer isso. Rezei para que Jesus me curasse, me salvasse, me restaurasse. Recitei cada salmo, cada provérbio, cada capítulo e verso que eu sabia, centenas de vezes, até que preenchessem meus sonhos quando eu dormia.

– Desculpe, desculpe – eu sussurrava para Sarah – Eu tentei afastar Satã da minha alma...

– Bem... você vai ter de se esforçar mais, porra! – Seus olhos estão vermelhos como carne moída. Ela se senta na cama, com a cabeça entre as pernas. Seu corpo se ergue num soluço.

– Rezei para Jesus te trazer de volta. Rezei e rezei...

– Cale a porra da sua boca!

– A... a... polícia talvez não me queira mais. Ele pode ter me curado. Ele te trouxe de volta... "Em Deus está minha salvação e minha glória: a pedra da minha força."

Ela se estica até a mezinha de centro e pega um copo pesado do motel. Me acerta na clavícula. Eu o escuto cair.

– Você tem sorte... queria acertar a porra da sua cara de bunda! – A dor me invade como um picador de gelo, mas não me mexo. Pisco para afastar as lágrimas, – Não me olhe assim, seu merdinha do mal. O quê? Você se acha melhor do que eu? Se não fosse por mim, estaria queimando no inferno neste instante! – Ela procura o copo e o rola para perto do pé.

– R-rezei muito... – sussurro.

– Esqueceu como calar a boca! – Eu vejo em câmera lenta ela girar o braço e jogar o copo de novo. Meus olhos fecham esperando o impacto no meu rosto. Me acerta no estômago. Eu me dobro sem ar. – Tem de aprender a calar a boca! – Eu me abaixo e tento recuperar o fôlego.

Ela não bate no meu rosto. Sorrio para ela. Ela nem tenta. Eu aperto meus braços ao redor do estômago e balanço devagar, me sentindo aliviado e confortado.

— Saia daqui — ela diz com a voz áspera e profunda. — Você é a porra de um demônio. — O sorriso congela no meu rosto e eu aperto o estômago e continuo me balançando. Ela vem cambaleando até mim. Me pega pelos cabelos e me puxa. Sem pensar, eu levanto minha mão e a coloco sobre a dela para não ser puxado apenas pelo cabelo. Minha clavícula palpita quando levanto o braço — Seu merdinha possuído. — Tento andar para trás, mas não consigo ficar de pé. O quarto está embaçado. Eu a escuto abrindo a porta. — Eu nunca devia ter ido atrás de você. — A pele em sua mão é suave como couro polido.

— Me solte, me solte seu porra do mal! — Ela balança a mão no meu cabelo. Sinto um golpe no lado, depois outro, é o pé dela. Solto sua mão e caio de costas, metade fora da porta. — Vá para o inferno — ela diz com uma voz grave e baixa e me chuta de novo para fora. — Se a polícia te encontrar, vai te queimar. Primeiro vão te fazer em picadinhos. — Ela cospe em mim. Acerta minha boca. — Então você vai queimar... no inferno. Por isso, se eu fosse você... ficaria longe dos tiras! — Ela olha nervosa para os dois lados no corredor de portas. — Se eu te ver de novo, eu mesmo os chamo. — Então ela fecha a porta suavemente, como se fechasse para um vendedor amigo.

Fico sentado, olhando para as marcas de pé na soleira da porta. Alguém já chutou forte tentando entrar. Lambo o cuspe nos meus lábios e sinto o fluxo de dor como luzes de fliperama, a palpitação mudando do meu couro cabeludo para minha clavícula e para onde for. Me apóio nas minhas mãos e joelhos e fico de pé. Desembaço os olhos piscando. As luzes estão apagadas no clube. Há apenas o zumbido de mariposas batendo na lâmpada engaiolada no meio do corredor, grilos e o rumor grave de um caminhão solitário dirigindo por Orange Blossom Trail.

Eu ando pelo motel até as moitas e árvores. Já vi várias vezes homens dormindo lá, com cheiro de álcool e urina, com apenas seus carros isolados no estacionamento do clube. Eu rastejo por um canto plano e me enrolo. Ela não mirou no meu rosto, eu repito para mim mesmo e sinto o gosto da saliva na minha boca.

No dia seguinte, fico escondido atrás do motel. Bebo de uma torneira que vaza. Me cubro com folhas caídas de uma palmeira e durmo. Quando vejo uma sirene de polícia passando, eu me mijo.

De noite, escuto várias mulheres conversando, saindo do clube ou voltando. Finalmente eu a escuto. – Melhor que eu receba meu pagamento, isso é tudo – Sarah diz.

– Eles podem aparecer de novo – outra mulher diz.

– É o que acontece quando os tiras não ganham sua caixinha – ela diz.

– Só mantenha a merda longe do clube, é tudo o que eu escuto, ou vão chutar seu traseiro...

– É melhor que eu receba, é tudo – ela diz de novo e eu escuto o som alto de seus saltos vermelhos no concreto. Eu vou para os fundos, para o escritório do gerente. Ele é um cubano baixinho e encorpado com apenas uma sobrancelha fina na testa. Recentemente, ele colocou novas colchas nas camas, com cores fortes e formas geométricas alucinógenas. Sempre que ele vê uma mulher com cigarros acesos, ele grita. Se ele vê Sarah indo do clube para o quarto com um cigarro pendurado nos lábios vermelhos vivos, ele sai correndo do seu escritório com cheiro de urina e peido aonde ele fica o dia inteiro assistindo jogos de futebol em espanhol, tocando o sino de serviço na mesa quando seu time marca um gol.

Geralmente ela sorri e joga o cigarro, esmagando-o com seus saltos, a perna colocada a frente, girando sua cintura. Seus olhos seguram o olhar, fazendo a mancha escura nas axilas dele aumentar. Outras vezes, quando ela recebeu gorjetas do Mickey demais e pouco remédio, ela joga o cigarro no pé dele, que solta faíscas como uma descarga elétrica, enquanto ele grita com ela.

Eu bato na porta de tela que ele sempre mantém fechada. – *Qué?* Ele não tira os olhos do jogo de futebol.

– Fiquei trancado para fora – murmuro.

– *Qué? Qué?*

Eu olho a minúscula trama da porta de tela e percebo pernas gordinhas passando por trás de uma parede. O filho deles, Sarah me disse.

– É um retardado ou algo assim, e eles o tratam como um cachorro, alimentam-no em tigelas de cachorro. – Ela diz. – Ouvi dizer que o amarram também, algumas vezes. Viu, você nem está tão mal.

O gerente bate com força no sino.

– Gol! Gol! – ele grita. Quando olho de novo, as pernas gordas do bebê se foram.

Começo a bater de novo, mas ele se mexe na mesa.

– Eu já te ouvi, pensa que não, eu te ouvi. – Ele abre a porta e passa por mim, balançando as chaves. O som me dá um arrepio. Pára na nossa porta e abre.

– *Gracias* – sussurro.

– Você não me parece muito bem – ele diz, se vira e vai embora. Eu fecho a porta, acendo a luz. Puxo a cadeira até o armário acima da pia. Subo desajeitado e pego a garrafa de Wild Turkey. – Galinha – eu suspiro. Pego o copo que ainda está no chão e encho até a metade. Abro a torneira, espero a ferrugem passar o máximo possível e enfio a garrafa embaixo, então no meu copo. Devolvo a garrafa.

Bebo o drinque o mais rápido possível, enquanto caminho até o banheiro. Lentamente tiro minhas roupas. A dor no meu ombro começa a desaparecer rapidamente. Entro na banheira e ligo a água o mais quente que agüento. Quem me dera ter um esfregão.

BABY DOLL

Quando Jesus morreu, os anjos choraram e suas lágrimas viraram pedra.

O novo namorado da minha mãe nasceu de novo, então, como se procurássemos ouro, nós limpamos a terra nas rochas do tamanho de unhas com cruzes naturalmente formadas entre elas. Lágrimas de anjos. Tentamos fugir de um ônibus cheio de batistas dando graças e aleluias, que ecoava alto pela floresta de Fairy Stone Park, em Virgínia.

Eu sempre acho as melhores, com cruzes claramente definidas saindo das pedras marrons, não aquelas despedaçadas que minha mãe encontra.

– Você as encontra como um cavalo velho encontra cola, não é? – Seus olhos demonstram inveja, suas narinas se abrindo.

– O Senhor está sorrindo para você hoje, filho. – Eu olho para o grande rosto dele, barba comprida e preta exatamente como Paul Bunyon, sorrindo para mim, com os topos esmeraldas das árvores dividindo a luz sobre sua cabeça em raios e sombras.

Ele se abaixa e pega uma pedra de cruz da minha mão esticada.

– Tenho de mostrar esta aqui no trabalho. – Ele anui. – Deixe o Senhor guiá-lo para mais, filho. – Ele bate na minha bunda enquanto eu me afasto. Eu noto o olhar afiado da minha mãe e meu sorriso desaparece. Continuamos a procurar, debruçados na terra úmida e escura, em silêncio.

– Olhe esta, Jackson! – Minha mãe corre até ele. Ela estica a mão como eu fiz, com a outra mão apertando seu cabelo na cabeça repetidamente. Ele se inclina até a mão dela, ela balança para frente e para trás, ele se vira e balança a cabeça.

– Não tão boas como as dele, bonequinha. – Ele acena para mim. Eu olho para longe, sorrindo. Eu a escuto jogando-as nos arbustos.

– Achei outra! – Grito e levanto o braço com outra lágrima de anjo perfeita.

– Você é meu bebê.

Ergo minha cabeça silenciosamente do travesseiro; há apenas uma divisão, que não chega até o teto do trailer.

– Minha doce garotinha – ele meio que sussurra e eu escuto cobertores se movendo e o barulho de pele grudenta.

– Sim, eu sou. – A voz dela soa bem aguda e infantil.

– O que você é, querida?

– A garotinha do papai – ela responde imediatamente.

– O papai precisa de sua garotinha – escuto o barulho de peles se chocando e deito a cabeça novamente. Ela faz sons de ronronar.

– Me diga que você é a boa garotinha do papai – ele murmura. Ela diz. Eu vou pra debaixo do cobertor.

– Quer que o papai te foda?

Ela diz que sim, diz "papai" duas vezes. Eu ponho minha mão entre minhas pernas.

– Venha, garotinha, venha, dê para o seu papai. – Sua voz aumenta. – Venha. Boa menina. Boa menina.

Eu pego meu troço e coloco para trás entre minhas pernas e sinto o trailer sacudindo. Esfrego a pele macia onde meu troço estava, acompanhando o balançar.

– Boa menina. Boa menina. Papai ama você. – Fecho meus olhos.

BABY DOLL

Eu a vejo ao lado de manhã, debruçada sobre o minúsculo espelho acima da pia da cozinha, passando base no rosto com uma pequena esponja triangular. Ela passa com força no nariz e bochechas, cobrindo as sardas que ela detesta. As mesmas no meu rosto, que eu detesto.

– Faça as minhas desaparecerem! – Eu peço de repente. Ela se vira para mim, surpresa de eu estar lá. Dou um passo para trás. Ela sorri.

– Puxe uma cadeira. – Eu pego uma das cadeiras dobráveis de metal vermelho.

– Suba. – Fico de pé e vejo nossos rostos no espelho.

– Vamos se livrar dessas. – Eu concordo com a cabeça e a vejo mergulhar a esponja num líquido bege que está num vidrinho aberto com o resto da sua maquiagem sobre a pia.

– Aqui. – Ela esfrega no meu nariz e bochechas, não gentilmente como fez consigo mesma; mas minhas sardas são mais escuras. Gosto que ela me toque.

– Aqui! Olhe. – Fico na ponta do pé e me inclino no espelho. Elas se foram. Sorrio para ela.

– Temos de fazer algo com seu nariz – ela diz. Eu olho para o dela, empinado e fino.

– Alguém trepou com o escravo negão e você tem o nariz que prova isso. – Olho para o meu, pequeno, empinado como o dela, mas com narinas grandes, mais largo e quase plano.

– Negão, nariz de negão – ela ri.

– Arruma? Por favor? – Não quero chorar.

– Claro, nariz de negão! – Ela ri de novo e eu sorrio, com meus lábios tremendo.

– Camuflar... vê, eu aprendi isso na escola de beleza. – Eu a vejo pegar uma pequena escova e mergulhá-la em sombra marrom.

– Um dia eu vou voltar, vou abrir uma loja para modelos em Hollywood... – Ela chupa o cabo de madeira da escova.– Ou serei uma modelo.

– Me leva?

– Fique parado. – Ela passa a escova nos cantos do meu nariz, como se estivesse tirando poeira.

– Bem, vamos ver se dá para corrigir esse nariz de negão.

Tento olhar no espelho, mas a mão dela está na frente.

– Ok, agora vou deixar mais claro com a base. – Ela passa um troço cremoso no meu nariz.

– Misturar, ok, agora... olhe para mim. – Olho para ela entusiasmado e nervoso.

– Posso ir com você?

– Dê uma olhada. – Ela empurra meu rosto para o espelho. Meu nariz tem listras beges nos cantos, como pintura de guerra.

– Definitivamente camuflagem! – Eu assento com vontade.

– Ok, agora seus olhos... você tem meus olhos, por isso tem sorte. Ok, feche-os. – Eu fecho e sinto escovas passando sobre minhas pálpebras, o hálito de café dela na minha bochecha.

– Olhe para cima, olhe para a esquerda... direita, pisque... de novo.

Parece que ela está escrevendo nos meus olhos. Não quero que termine.

– Olhe para mim! – E quando eu olho, fica congelado na minha mente para sempre, ela lambe o dedo e passa gentilmente embaixo de meus olhos. Me lembra de um daqueles filmes de natureza, que a mamãe pássaro regurgita comida na boca do filhote. Me sinto tão feliz. Eu quase a abraço.

– Posso olhar? – Minhas mãos batem ansiosas.

– Não, não está nem na metade. Vamos ver se consigo te dar lábios... Você não tem tanta sorte, tem nariz, eu tenho lábio. Até uma galinha tem mais lábios do que você. – Eu passo meu dedo pelos meus lábios finos com pequenas saliências. Os dela são grandes, brilhantes e vermelhos.

– Olhe aqui. – Ela segura um lápis vermelho-ferrugem. Eu aperto os lábios.

– Não... relaxe-os – ela diz, um pouco irritada.

– Você já me viu apertando assim quando pinto meus lábios? – Eu balanço a cabeça. – Feche, de forma natural.

O lápis passa ao redor da minha boca.

– Ok... agora.. – Eu a vejo abrindo um batom.

– Abra.

Olho para o teto de cortiça. Ela passa batom nos meus lábios.

– Hmmm.. – E então uma escova com algo pegajoso passeia pela minha boca. Eu olho para ela, tão perto de mim, olhando para a boca; ela me nota, eu viro o olho rapidamente.

– Aqui... – ela segura um papel higiênico na minha boca. Eu abro e fecho como já fiz um milhão de vezes copiando-a, mas agora deixo marcas vermelhas de beijo. Eu rio e tento virar para o espelho.

– Ainda não! – Ela segura minha cabeça. – Blush? – pergunta.

– Sim, sim – eu praticamente grito. – Por favor. – Meus olhos brilham enquanto ela passa uma escova felpuda pelas minhas bochechas e sobre meu rosto.

– Não vou passar no seu nariz, não quero que ele chame a atenção, não é, nariz de negão?

– Arrã.

– Ok, agora, para terminar. Feche os olhos. – Ela me passa um pó translúcido, a mão dela sobre meus olhos para os proteger e, de novo, eu me sinto invadido de alegria.

Ela me olha.

– Vá lá.

Vira meu rosto para o espelho. Eu pisco para mim mesmo e tento reconhecer o que vejo. São os olhos dela, uma mistura de azul claro com verde acinzentado, pintados e delineados, apenas menores. Meus lábios estão grandes, quase como os dela, e vermelhos vivos. Eu nem reparo no meu nariz.

– Bem? – Ela parece impaciente.

– Eu... eu estou lindo – digo baixinho.

– Viu, eu disse que você devia ser menina.

– Eu sei – murmuro e mordo meu lábio.

– Pare com isso! – Ela me bate na cabeça, sem força. – Não borre meus lábios!

– Desculpe.

– Agora, não está feliz que não cortei seu cabelo curtinho? – Ela procura o baby liss, para enrolar meu cabelo. Eu assento e percebo que me acostumei com ele e gosto quando vou para as lojas e os vendedores dizem que sou uma bela menina, como minha irmã mais velha. Às vezes ganho bala. Só uma vez eu os corrigi.

– Ela é minha mãe e eu não sou uma menina!

O homem alto e sardento atrás do balcão de carnes se inclina em minha direção.

– Perdão?

A mão dela se estica, pega meu cabelo por trás e dá um puxão rápido e forte. Ela ri.

– Está brincando... ela sempre faz isso... agora diga obrigada.

Mais tarde ela descarrega as compras silenciosamente no caminhão. Eu vou para os fundos, onde fico quando ela está namorando, esteja o namorado dela conosco ou não.

– Sente-se na frente – ela diz. Eu a vejo dar partida e apertar o acendedor de cigarro.

– Quero cortar o cabelo! – Me sinto forte com a raiva. Ela não diz nada, só começa a dirigir.

– Todo mundo diz que sou menina. Não sou! Até o Kevin! – O acendedor salta, ela aperta de novo e começa a murmurar.

– Não sou menina, quero cortar o cabelo, ok? – Eu grito com o corpo virado para ela. Ela entra numa rua de terra.

– Quero cortar o cabelo. Quero cortar o cabelo! – Bato no assento de vinil. – Meu avô nunca deixaria meu cabelo tão comprido! – Digo maldosamente. O carro breca de repente.

– Espere aqui – ela diz bem amistosamente, sorrindo.

BABY DOLL

– Ah?

– Espere aqui. – Ela passa batom.

– Aonde você vai? – Sinto minha raiva baixando. Tento mantê-la. – Vamos cortar meu cabelo?

Ela aponta sem dizer nada para os fundos do pequeno prédio marrom de madeira do xerife. Ela se vira para mim com um grande sorriso, todos os dentes à mostra.

– Vou te entregar. Você é muito mau e perverso.

Eu engulo a seco. Ela começa a abrir a porta.

– Não! ... Espere! – O mundo começa a inclinar-se e a derreter.

– Eu te escondi, mudei seu nome, meu nome, quantas vezes já?

– Por favor... – começo a perder o ar.

– Lembra quando aqueles assistentes sociais vieram da última vez? Eu me mudei e troquei tudo para que eles não pudessem pegá-lo.

Começo a ver cores girando no pára-brisa, fica difícil de ver claramente.

– Me alertaram que Satã estava em sua alma, que eu seria colocada na cadeira e enviada para o inferno para queimar eternamente. – Ela pega o batom.

– Eu voltarei com o xerife num minutinho. Vão cortar seu cabelo, vão raspar sua cabeça para a cadeira, a não ser que eles te dopem ou... – Seus olhos mudam de um canto para o outro, então olham bem para trás de mim. – Eu não me surpreenderia se eles apenas te linchassem quando soubessem quem você realmente é. – Ela ajusta o retrovisor para ver a si mesma e tira o batom do dente.

– Não vá... – eu choro.

Ela não se vira.

– Geralmente eles pegam uma faca e cortam sua língua fora e então seus olhos – arrancam para fora e riem e comemoram. Vão estar ainda mais irritados, porque vocês os enganou.

– Por favor... por favor. – Cuspe escorre até meu queixo.

O acendedor pula novamente. Ela aperta mais uma vez e sai do carro.

– Tentei te deixar bonzinho. Vejo que falhei. Espere aqui.

A porta se fecha e eu me esforço para ver além das bolas de fogo vermelhas, azuis e amarelas que circulam ao meu redor. Ela cruza a rua e entra na delegacia.

Todas as vozes dentro de mim gritam e eu não consigo mais ver lá fora, só posso ouvi-la me insultando. Vejo a grande cadeira elétrica de madeira, com fios, esperando, vazia, com a chave de metal cinza. Vejo todos os rostos sorrindo e zombando e o Encapuzado segurando seu tridente cheio de sangue. Estou sozinho e mereço tudo isso, não há ninguém para fazer isso acabar.

Eu me debruço e bato a cabeça no painel. Minha mãe diz que, quando eu era bebê, eu costumava bater minha cabeça todo dia e toda a noite. Ela me mantinha na última gaveta da cômoda. Isso a deixava louca, ela dizia. Era Satã brigando pela minha alma. Batia tão alto que ela fechava a gaveta.

– Pare, pare! – Sinto uma mão me empurrando para trás, de volta para o meu assento, me mantendo parado. A grande mão peluda do xerife entra pela janela e pára no meu ombro. Minha mãe está ao lado dele.

– Viu por que não posso mandá-la para a escola? – Escuto a voz da minha mãe. – Ela devia estar na quarta série. Não pode ir sem causar problemas.

– Há quanto tempo está na cidade? – Ele pergunta com uma voz grave.

– Um mês.

– Bem, bem, vamos ver uma turma especial. Você vive com Kevin Rays?

– Sim, senhor – ela diz docemente.

– Então quer aulas em casa, hein? – Bem, vou ver o que posso fazer.

– Muito obrigada, senhor.

Sua mão me solta.

– Tenham cuidado. – Ele se afasta. Ela volta para o carro e tira o acendedor de cigarro.

– Eu o convenci a não te levar. Vou tentar lutar com Satã pela sua alma e torná-lo bom, entendeu?

Eu assento cerimoniosamente. Nós dois olhamos para a rua deserta de terra.

– Você terá de ser punido. – Eu assento de novo, as cores desaparecendo, minha visão clareando.

– Ou se você não quiser isso, você pode cruzar a rua e se entregar. – Eu balanço a cabeça.

– Muito bem então... tire o seu troço. – A voz dela é calma. Meu estômago está apertado e eu soluço um pequeno vômito; queima enquanto eu o engulo de volta.

– Tire seu troço! – O acendedor salta e ela o aperta de volta. Minhas mãos tremem enquanto puxo meu zíper e tiro meu troço, pequeno e rosado.

– Mãos para trás. – Eu engulo com força.

– Você quer entrar lá? – Ela aponta para a delegacia. Eu balanço a cabeça e escondo as mãos embaixo das pernas, como já fiz várias vezes. As mãos dela envolvem o meu troço; fico olhando para a frente, um cachorro de rua procurando algo para comer na terra. Suas longas unhas vermelhas brilham.

Ela se inclina e suspira no meu ouvido.

– Você acha que Kevin deixaria você ficar se soubesse dessa coisa maligna? – Suas mãos começam a mover lentamente, gentilmente. – Hein, acha? – Ela tem cheiro de talco de bebê. Eu balanço a cabeça.

– Você acha que dizer às pessoas que sou sua mãe e você é um bastardo vai te ajudar? – Eu aceno a cabeça que não.

Parece que o cachorro esquelético achou comida. Meu troço se move nos dedos dela. Eu tento imaginar a cadeira elétrica e o fogo do inferno. Soluço.

– Você acha que o açougueiro vai nos dar carne de graça se souber que você não é uma doce garotinha e tem esse troço maligno?

O fogo me queima vivo. Pedras batem em meu corpo. Todos riem. Seus dedos me dão pequenos puxões.

– Vamos ver o quanto você é mau e perverso. – Seus dedos param com a carícia. – Você falhou no teste – ela diz com gravidade.

Olho para baixo e vejo o troço apontando para frente, me mandando para o inferno.

– Quer se entregar? – Eu balanço a cabeça que não. Lágrimas rolam dos meus olhos.

– Sentir pena de si mesmo é mais uma prova do seu mal não-arrependido.

O acendedor salta. Seus dedos vermelhos o pegam.

– Bem? – Ela olha para mim

– Quero ser bom – eu suspiro. Sinto tudo se fechando dentro de mim. Vejo a espiral, vermelho brilhante, desaparecendo onde os dedos dela tocam meu troço. Eu afundo minhas mãos, frias e suadas, embaixo das minhas coxas. Vejo a ponta do meu troço desaparecer embaixo do acendedor. Eu não me mexo, não grito, não choro. Aprendi o jeito duro como as lições são repetidas, até que eu as aprenda correta e silenciosamente. Satã é exorcizado, temporariamente. Olho para frente e vejo o cachorro comer sua comida.

Escuto o chiado do ferro quente enrolado numa mecha do meu cabelo que já está na altura do ombro.

– Meu cabelo costumava ser branco como o seu – ela diz. O ferro puxa meu couro cabeludo. – O seu vai escurecer também.

Ela me solta e um cacho de cabelo loiro-branco se enrola. Ela passa seus dedos por outra mecha de cabelo. Sinto cada toque enquanto suas mãos passeiam pela minha cabeça.

– É bom que você goste disso. – Eu concordo enquanto ela enrola meu cabelo no ferro, enrola bem apertado.

– Você está tão bonito. – Ela sorri e se inclina perto de mim enquanto segura o ferro, seu rosto perto do meu no espelho.

– Somos belas meninas, não somos? – O ferro está perto demais da minha orelha e está queimando, mas não me atrevo a dizer nada. Sorrio para nós, duas belas meninas no espelho, e ignoro o cheiro de carne queimada.

Geralmente, quando estou sozinho e não posso sair, ando pelo trailer estreito e ligo a TV e todos os rádios o mais alto que agüento. Eu me sento no meio dos sons e dou atenção apenas às vozes e à música. Eu adoro decidir qual delas vai me conquistar. Tenho orgulho da habilidade de me concentrar totalmente naquilo que escolhi ouvir e apagar o que eu não quero.

Se Jackson ou minha mãe voltam para casa mais cedo e me pegam, eles ficam putos.

– Como você consegue ouvir alguma coisa? – Jackson pergunta, sem querer realmente uma resposta. – Ligue só uma coisa de cada vez. – Ele ordena. – Do contrário, é demais, você vai ficar louco.

Hoje, entretanto, eu não preciso de barulho. Fico de pé na cadeira, olhando o belo rosto que não é mais meu, mas da minha mãe. Primeiro, tudo o que eu faço é olhar e raramente piscar, como se respirar errado já pudesse estragar meu rosto. Mas lentamente eu vou ficando mais atrevido e começo a piscar como ela faz para os rapazes que assobiam para ela. Eu pratico por pelo menos uma hora, aquela piscadela rápida, como um pistoleiro que saca e atira, antes até que o outro tenha tocado em sua arma. Então me dedico a mandar beijos; a cabeça ligeiramente inclinada, os lábios pouco abertos e o biquinho para mandá-lo corretamente. Então treino o kit beijo e piscadela, piscadela, beijo, beijo, piscadela. Leva a manhã toda.

Mais tarde, eu passo para a divisão do lado deles do quarto e abro a gaveta. Cuidadosamente, ponho de lado o perfumador de morango do carro e a visto com um baby doll de renda que Jackson encomendou para ela da Victoria's Secret. Chega até meus tornozelos, então tenho de prendê-lo para cima, para mostrar as pernas dela. Eu até tiro uma das calcinhas que ele comprou para ela, branca, de renda, com babados do lado. Acidentalmente, eu coloco as duas pernas na mesma abertura. Eu corrijo e a prendo na frente e corro para o espelho grande do banheiro.

– Você é tão bonita, bonequinha! – Eu rio e dou voltinhas.

– Obrigada, querida. – Balanço a bunda no espelho, pisco e mando um beijo perfeito Fire Red Temptation. – Menininha sexy do papai.... hum, oh. – Levanto os babados do baby doll. – Merda! Por que você tem de estragar tudo? – Enfio a mão na calcinha dela e coloco o troço para trás, entre minhas pernas. – Vá embora! – Grito para ele. Eu mantenho o baby doll levantado e passo a mão sobre meu púbis lisinho.

– Como está minha bonequinha pote de mel? – Eu sorrio para o espelho. – Precisando de todo o seu amor, Jackson. – Eu ando bem sexy até o espelho e meu troço aparece.

– Merda, maldição! – Eu bato com força com meus punhos. – Ai! – Dói. – Vá embora.

Fecho meus olhos com força para que as lágrimas não estraguem a maquiagem dela. E então tenho uma idéia. Corro até a pia e vou embaixo, passando pelos detergentes, desinfetantes e cera, até encontrar.

– Por que você não pensou nisso antes, garotinha? – Eu pego a super cola e rio até doer.

Todas as luzes estão desligadas, deixando apenas o brilho da TV. Jackson está sentado na sua poltrona de veludo marrom, vendo os cultos por satélite ao vivo de Sermon Mount e bebericando sua quarta cerveja.

Ela anda até ele, rebolando devagar, como uma aranha rastejando até sua presa.

– Venha aqui, papai. – Ele a manda embora, sem nem olhar. Ela fica alguns metros à frente dele, girando em círculos, fazendo com que o baby doll de renda branca que ele encomendou especialmente da Victoria's Secret brilhe num azul fantasmagórico

BABY DOLL

diante da luz da TV. Os cachinhos dourados dela balançam como linhas de pesca em serviço. Ela se vira várias vezes, soltando seu feitiço de amor do qual nenhum homem consegue escapar.

– Que porra você está fazendo, em nome de Deus?!

O giro pára. Ela pisca para ele, manda um beijo.

– Jesus, o que aconteceu com você? – Ele não está mais assistindo Sermon Mount, está assistindo sua bonequinha: eu.

Ela se aproxima, um pé na frente do outro, como numa corda-bamba, com sandálias de vinil de salto alto, com cuidado para não tropeçar. Ela manda um beijo, dedos à mostra, mostrando o esmalte Red Lust.

– Que porra...? – Ele se mexe com sua cerveja e derrama na calça de seu macacão de operário.

– Sua mãe te arrumou assim? – Ele limpa a cerveja com a mão, olhando para ela, com o rosto estreito e pontudo, um triângulo perfeito com o nariz abaixado. É difícil ver seus dois olhos ao mesmo tempo.

– Sou sua garotinha. – A voz dela é tímida e doce, do jeito que ele gosta. Ele ri, desligando os sons do sermão.

– Ela vai voltar cedo? – Ele dá um longo gole na cerveja, sorri e olha para ela de cima a baixo.

– Sarah! – ele se inclina até ela e grita.

Ela dá um risinho.

– Sou eu, papai. – Ela sussurra.

– Jesus. – Ele termina a cerveja e o barulho da lata vazia caindo no chão ecoa pelo trailer. Ele pega outra cheia, sem se virar para ela.

– Jesus, você parece com sua mãe... – Abre a cerveja – Alguns anos atrás, imagino. – Ele solta um grunhido. Ela faz biquinho, lábios famintos, lentamente leva o dedo até a boca e começa a chupar, do jeito que ele gosta que ela faça.

– Tire esse dedo, você sabe que não deve fazer isso.

Ela tira, então lentamente começa a colocar para dentro e para fora, dentro e fora.

– Há algo errado com você, filho. – Ele lentamente limpa a espuma de seus lábios. – Ou quem quer que você seja. Jesus. – Ele arruma a calça.

– Oh, Senhor... – ele gargalha. – Você parece... – Ela se vira, levanta o baby doll atrás e balança a bunda, fazendo os babados flutuarem como asas, do jeito que ele gosta de ver. Ele bebe mais cerveja.

– Sua mãe vai te tirar o couro.

Ela rebola mais um pouco, então vira-se para ele, com o dedo ainda na boca.

Ele sempre diz a ela:

– Bonequinha, te amo mais quando você chupa o dedo, me faz pensar que você é um anjinho. – Quando ela pede a ele dinheiro, ou qualquer coisa, ela coloca o dedão dentro da boca; senta-se no colo dele e se apóia em seu peito, e ele acaricia seus cabelos. – Diga ao papai o que você precisa, bonequinha. – Se ela tira o dedo para falar, ele o coloca de volta. Ele não diz que ela é grande demais para se comportar como um bebê, não passa pimenta no dedo dela para ela desistir, não ri nem provoca ela por causa disso. Com o dedo na boca, ela consegue o que quer. Sempre.

Ela o encara silenciosamente, o dedo preso à boca, olhos azuis pintados de preto, na frente de flashes coloridos que saem da TV, esperando reconhecimento. E ele olha, seus olhos circulando como um avião esperando pelo pouso. E ele arrota, profundamente. Seu olhar abaixa como uma criança envergonhada.

– Perdão – ele murmura. E pela vergonha dele, ela sabe que foi reconhecida. Ela pula em seu colo, em seus braços, que ainda estão sobre os braços da poltrona, suas unhas penteando o veludo para expor seu tecido marrom brilhante.

– Senhor, me ajude, o que está se passando com você? – Seus olhos se fecham e seu queixo se duplica quando ele abaixa a cabeça como um covarde. Sua boca está congelada num semi-sorriso.

BABY DOLL

– Sua bonequinha não é linda? – ela pergunta com o dedo meio fora da boca, encostada em seu peito. Ele vibra, balançando delicadamente a cabeça dela com sua risada envergonhada.

– Sua garotinha não é bonita? – ela sussurra com o dedão na boca, mergulhada no mar de pêlos encaracolados do peito dele. O outro braço dela aperta forte a cintura dele, do jeito que ele gosta que ela faça.

Ele não diz nada, olha através dela para o sermão na TV, volta a olhar para ela, daí para a TV, vai e volta, seus olhos oscilando como pesos de metal numa balança de feira. Um leve franzir provoca rugas nos cantos de sua boca. Ela abre as pernas, indo e vindo no colo dele como um balanço, forçando para cima. Um de seus grandes sapatos voa e cai, fazendo barulho em algum lugar no silêncio do trailer. Faz com que ele salte. Ela ri, fazendo com que seus dentes da frente mordam seu dedo. Ele olha para as pernas dela, balançando, magras e brilhantes, brancas como massa de macarrão. Ele limpa a garganta e levanta a cerveja.

– Hum, quer um pouco? – Sua voz treme, enquanto a outra mão batuca no braço da poltrona. Ela desliza o dedo lentamente como se saboreasse o último pedaço de Posicle, sugando, do jeito que ele gosta. Ela pega a cerveja e toma, piscando para ele.

– Ela está... hum, farreando até tarde... não vai voltar tão cedo, não é? – Seus olhos passeiam de um braço para o outro da poltrona. Ela entrega a cerveja de volta para ele.

– Sou sua doce garotinha, papai. – Ela se deita em seu peito, no conforto das batidas de um coração que não é o seu próprio, com ambos os braços em volta de seu corpo bronzeado. Ele fica lá, no silêncio do zumbido elétrico do trailer, sem se mexer, tentando olhar para o sermão sem áudio. A cerveja acabou. Ele a amassa com uma mão e joga fora. Sua respiração fica mais alta. Ela deita mais juntinho e acaricia os cachos do final de sua barba. Ele abre as pernas. Ela serpenteia-se em seu colo. Ele limpa a garganta de novo. As mãos dela passeiam pelo corpo dele, robusto e duro.

Ele sempre diz a ela:

— Você está a salvo nesses braços, bonequinha. Ninguém vai te machucar novamente. — Ela passeia a mão pelo braço dele, como uma criança escorregando num corrimão, até chegar à mão dele, segurando o controle remoto.

— Brinque comigo — ela sussurra, do jeito que ele gosta que ela fale. Seu punho lentamente se abre.

— Por favor... papai. — Com um flash, a televisão é apagada e tudo fica escuro, exceto pelos pontos laranjas e azuis dos equipamentos, brilhando como gatos caolhos.

Sempre que ela acorda na escuridão do trailer, gritando e se debatendo, ele a segura até que passe.

— Foi só um pesadelo, minha doce menininha, só um sonho ruim. — Ele não grita com ela por acordar todo mundo, não bate nela por mijar na cama, não ri dela por chorar como um bebê. — Deixe papai te proteger — ele diz.

— Me abrace... papai — ela sussurra do jeito que ele gosta.

Ele não dá nela apenas pequenos tapinhas como num cachorro, não evita tocar nela como se fosse contagiosa, não deixa de pegá-la no colo, mesmo para bater. A dor é severa, inevitável e implacável.

Tudo o que sobra são as palavras que apenas ela pode dizer.

Porque ela é bonita.

Porque ela é sua menininha.

— Preciso do seu amor, papai.

Ela coloca a mão dele em sua cintura. O controle remoto cai aos seus pés. Ela olha a TV desligada. A mão dele, como um peso de papel, descansa sobre o osso saliente do quadril dela.

— Me proteja — ela sussurra em seu coração.

— Minha doce menininha — ele responde. E suas mãos começam a se mexer.

— Seu putinho desgraçado!

A água forma pequenas poças rosas, como corante de doce, dentro da pia.

Algo – rádio relógio? – voa pelo trailer, seu fio balançando como a calda de um cometa. Bate e cai pela janela ao meu lado.

A seda branca com pregas na água turva parece com ovo poché.

– Me solta, seu viado! Eu vou matá-lo, me solta!

Coisas caem e quebram por todos os lados.

Em meio ao branco, não importa o quanto eu esfregue, está um olho vermelho, sangrando, sem piscar.

– Me solte, seu porra! Me solte!

Eu esfrego a seda branca várias vezes, a água fica rosa com seu coração ferido.

– Seu filho-da-puta!

Um sapato atinge o metal vermelho da cadeira onde eu estou de pé.

– Me solte, seu traidor da porra!

Ela grita com uma força tão gutural que o trailer vibra como uma latinha e alguns vidros recém-trincados nas janelas se despedaçam.

Coloco as duas mãos na água fria, mexendo.

Ela grita de novo, mas dessa vez é silenciada, como se fosse por uma mão.

A mancha de sangue olha para mim, me acusando, me apontando.

E a seda ondula como se estivesse respirando nas ondas mortas da pia.

– Solte minha boca! – Ela grita, tapada. Eles estão ofegando forte como se estivessem entre quatro paredes, na cama. Eu viro minha cabeça para eles.

O que eu posso ver do rosto dela não coberto pela mão está bem vermelho; seu cabelo está marrom de suor, grudado ao rosto e misturado à barba preta dele. Suas sobrancelhas sobem e descem como se ela tivesse perdido o controle delas. Ela gira e se balança, agarrada por ele. Os braços dele estão em volta dela. Quando ela me vê olhando, luta com mais empenho, suas mãos fechadas em punhos.

Ele parece apenas triste e confuso, como se segurasse um animal raivoso com o qual ele não sabe o que fazer.

– É melhor você sair daqui.

– Ele me diz, mas olhando para ela.

– Eu ainda não tirei a mancha – meio que suspiro.

– É melhor você sair daqui – ele diz de novo, pesadamente, ainda segurando minha mão com força, seus dedos formando manchas brancas nos braços e nas bochechas dela.

Eu salto da cadeira e procuro embaixo da pia o jarro branco sagrado.

– Vai ficar tudo bem. – Digo a eles.

Eu subo de volta e cuidadosamente coloco meio galão do líquido mágico na água. Seu cheiro amargo me dá confiança. Água sanitária é a verdadeira água benta, e eu sei que a salvação está perto.

– Isso vai te ajudar. – Ela me segura pelo meu pulso direito. Em sua outra mão há um pote cheio com um fluido tão claro que parece vidro líquido.

– Esqueceu de como a gente te ensinou? – Ela diz que sim com a cabeça, eu digo que não com a minha. – Sua mãe devia ter ensinado desde o começo – ela me repreende soltando meu pulso e colocando o pote na prateleira de madeira próxima à enorme banheira de porcelana com enormes patas de leão.

– Sinto muito, senhora. – Eu suspiro e vejo catarro e lágrimas caindo pelo meu queixo. Não mexo minha mão direita para limpar, não posso confiar nela, mesmo agora.

– Tenho certeza de que você sente agora, Jeremiah. – Ela se abaixa na banheira, com o cabelo cor de milho, o mesmo que minha mãe prendia firme num coque. Seu rosto de lua cheia pega gotas de vapor quando ela se abaixa perto da banheira, ajustando a torneira de cruz.

– Sinto muito, senhora. – Eu fungo e me concentro em manter meu braço direito parado, ao meu lado. Bloqueio a dor que me perfura e engulo as lágrimas.

– Entendo por que ela te deixou. Não que ela seja muito melhor; o demônio buscou vocês dois, é triste dizer – ela fala em meio ao vapor, ocasionalmente colocando a mão na água.

– Você não devia ter cedido às tentações sujas – ela diz se inclinando em direção à água que cai.

– Sims'hora (sic). – Engulo catarro. Toda vez que ela se vira para mim, meu coração se contrai. Vejo o rosto da minha mãe no dela, só que mais enrugado e duro.

– Espero que você não esteja nem um pouco com pena de si mesmo. – Ela balança o dedo para mim. Eu balanço a cabeça dizendo não e olho para meus pés descalços. Cheguei à casa dos meus avós há apenas uma hora, depois que o assistente social me deixou. Fui tirado do último lar adotivo quando os assistentes descobriram que eu tinha avós. Eu gostava de lá, no entanto; eles tinham um porco de estimação que veio correndo até mim assim que cheguei lá, e com o focinho empurrou minha mão, para eu acariciá-lo. Mas meu pai adotivo descobriu que eu era mau; ele gritou comigo por baixar minhas calças e por me comportar mal. Tentei dizer a ele que estava tudo bem, tentei sentar no seu colo, mas ele me empurrou com tanta força que eu caí. Eu sabia que, se ele colocasse seu troço em mim, ele me deixaria ficar, não me abandonaria. Eu só estava tentando chegar lá. Ele gritou com a mulher dele para chamar uma assistente social. E então eu estava pelado diante da minha avó, com minha mão direita longe do meu corpo, longe de todas as possibilidades de perversão.

– Isso vai queimar, Jeremiah. – Seus lábios, carnudos como os da minha mãe, franziram-se. – Mas nem um bilionésimo do que o fogo do inferno fará se você não for salvo.

Eu coloco minha mão bem longe de mim, como se fosse um peixe contaminado.

Ela levanta o grande pote e silenciosamente abre a tampa. O cheiro forte de cloro preenche o banheiro. Eu respiro fundo o cheiro de verão e de piscinas e deixo que o calor me envolva.

– Jeremiah! – Eu abro meus olhos. Ela tira minha mão direita do meu troço e me torce para perto da banheira. – Ele precisa te chicotear de novo?!

Olho com olhos bem abertos para ela, tremendo.

– Você sente o mal rastejando de volta até você? Você ao menos tentou enfrentá-lo? – Eu apenas olho para ela.

– Quero minha mamãe – eu murmuro e as lágrimas vêm tão rápido que mal consigo respirar. Ela suspira, joga o conteúdo do pote na banheira e mistura a água com a mão.

– Ela te largou; foi demais para ela, creio eu. – Ela limpa a sobrancelha suada com o braço. – Se você parar de se entregar para o demônio, bem, ela vai querer você e volta, creio eu.

– Como na última vez? – Eu pergunto, limpando meu rosto no meu ombro nu.

– Ela veio te buscar, não veio?

Eu engulo catarro.

– Mas eu estraguei tudo de novo.

– Bem, você só tem de ser duro consigo mesmo, Jeremiah. E não se entregar ao demônio tão facilmente. – Eu assento com vontade.

– Você pode até ser um exemplo para ela. Ela precisa de ajuda também, creio eu.

– Eu quero, senhora.

Ela enxuga a sobrancelha de novo.

– Bom, é bom, Jeremiah. Você tem de querer a bondade e o amor de Jesus para preencher você, ele preencherá, preencherá... Agora entre aqui.

Ela me coloca perto da banheira e bate no banquinho de madeira ao lado dela, olhando para a água, como um espelho, com vapor saindo dela. Eu inalo o cloro com muita força, esperando encontrar conforto, mas apenas dói no meu nariz, garganta e olhos.

Eu me viro e olho para ela. Sua mão bate gentilmente no meu ombro, me dando segurança.

– Segure meu braço. – Ela vem até mim como uma barra de ferro no assento de uma montanha-russa.

Eu me aproximo, sentindo seu cheiro de avó, frango e noz-moscada, limão e pimenta-da-jamaica por baixo dos pesados odores de alvejante.

– Não posso, senhora, é alto demais – sussurro, esperando que ela me levante em seus braços e me coloque na banheira, como ela fez quando eu estive aqui pela última vez, um ano atrás.

– Sim, você pode, Jeremiah. – Ela dá um passo atrás e estica o braço para mim. – Você está grande agora.

– Por favor...

– É preciso que eu o chame aqui?

Eu seguro seu braço, levanto minha perna e a coloco sobre a beirada de porcelana da banheira, ficando de pé até sentar no cantinho, meu pé virado para cima, levemente acima da água, como se eu pendesse sobre o mundo.

– Vá em frente. – Ela me cutuca. Eu afundo o pé e tiro fora imediatamente.

– Está quente demais. – Catarro sai do meu nariz e cai na banheira.

– Jeremiah, vou chamá-lo aqui se você não estiver nessa banheira quando eu contar até três...

– Ok, ok!

– Um... – Eu coloco meu pé dentro, o vapor subindo pelas minhas pernas. A água passa uma forte sensação de seda.

– Dois... – Meu pé alcança o fundo. Eu coloco o outro pé e fico na água até a cintura.

– Está quente demais! – Minhas lágrimas voltam e eu pulo para cima e para baixo tentando escapar da água.

– Não tão quente como o fogo do inferno! Quer ir para lá? Quer sentir o fogo do inferno pela eternidade?!

– Por favor! – Eu estico meus braços para ela.

– Reverendo! – Ela grita.

– Por favor... senhora... por favor! – Eu choro tanto que mal consigo falar.

– Reverendo! – Ela coloca a mão na minha cabeça e aperta para baixo, me impedindo de pular. Mesmo assim, eu continuo me mexendo o máximo que consigo.

Ouvimos seus passos pesados marchando pelas escadas acarpetadas. Quando ele chega perto, ela solta minha cabeça e eu diminuo o movimento.

Ele abre a porta e uma rajada de ar frio nos atinge. Eu não me mexo. Ela não diz nada para ele ou para mim, apenas se vira e parte, fechando a porta atrás de si.

Seus olhos são claros e escaldantes como a água sanitária na qual eu estou.

– Sente-se – ele diz alto – o "te" cuspido, ecoando pelos azulejos de porcelana do banheiro.

Rapidamente eu me abaixo até estar com água pelo pescoço.

Ele se abaixa perto de mim.

– Mãos – ele diz com severidade.

Eu estico os braços e ele amarra uma corda de um suporte de toalha da parede atrás de mim até meus pulsos, depois no outro.

Ele aperta a corda com tanta força que meus braços ficam esticados e eu não posso cometer pecado algum.

– Estou lá embaixo no saguão. Se eu ouvir algum barulho seu, Jeremiah, você vai se arrepender do dia em que nasceu. – Ele se vira e parte, encostando a porta.

Eu desligo tudo. Os vergões e ferimentos nas minhas costas, bunda e cintura queimam como uma lareira atrás de mim. A água quente torna minha pele vermelha brilhante, mas eu já parti.

Estou com minha mãe em Vegas, ganhando muito dinheiro. Ela está tão feliz, me abraçando e dizendo o tempo todo como eu sou bom e limpo.

BABY DOLL

Eu aperto minhas mãos na água sanitária e esfrego cuidadosamente a mancha de sangue. E, como tinta invisível, começa a desaparecer.

– Vou matar você! – Minha mãe grita, com a boca ainda tapada.

– Filho, não posso mais segurá-la, melhor sair agora. – Queria que a pia fosse grande o suficiente para eu entrar nela.

– Me ouviu? – Ele grita.

Eu levanto a calcinha, aquela branca com babados, que ele comprou especialmente para ela da Victoria's Secret para ela rebolar e mostrar a bunda.

– Olhe, ficou bom! Saiu! Ficou bom!

Água escorre da roupa íntima ensopada no meu pé e na cadeira, terminando numa grande poça.

Ficamos todos lá, olhando, com a água fazendo barulho quando pinga no chão.

Eu passo a calcinha para eles sob a luz fluorescente. E lá, claramente, está o contorno fraco de um sangue ferrugem. Meu sangue.

Minha mãe grita de novo, dá um chute para trás na canela do Jackson e se liberta.

Eu fico congelado, sua roupa esticada entre minhas mãos como uma velha senhora tricotando, enquanto ela avança sobre mim.

– Você sempre tenta roubar o que é meu! – Ela grita e pega um pequeno lampião da mesa e joga em mim.

Eu o assisto voar em direção ao meu rosto em câmera lenta e, de alguma forma, eu pulo da cadeira e o lampião mergulha direto no espelho sobre a pia. Vidro se despedaça e voa para todo o lado.

Fico agachado no chão, onde caí, como um sapo. Olho para o rosto da minha mãe, coberto de manchas vermelhas. A mão de Jackson cobre sua boca novamente e seus olhos azuis virando com fúria, como bolinhas de gude.

– Alvejante nem sempre funciona... – digo baixinho.

– Vá embora – ele diz, segurando minha mãe, que se sacode para frente e para trás, gemendo.

Eu me levanto correndo e vou até a divisão da cama deles.

Tiro o baby doll branco que ele comprou para ela.

Eu o coloco na cama o mais arrumadinho que consigo, as mangas cruzadas como a mortalha de uma criança que se desintegrou dentro da roupa.

Vou para o meu lado do quarto e coloco um jeans, camiseta, tênis sem meia e pego minha jaqueta do cabide que está da minha altura, pois Jackson fez especialmente para mim.

Passo por eles. Ela se virou para ele agora. Ele ainda segura os braços dela, mas a cabeça dela está contra seu peito, sacudindo para todos os lados com soluços e gemidos. Eles não dizem uma palavra.

Jackson faz sinal com a cabeça para eu sair.

Eu piso num caco do espelho e vejo um rosto, vermelho e manchado, com grandes olhos de guaxinim, batom borrado por toda a boca, como um palhaço, como ela.

Mas sou eu. Sou eu. E tenho de ir.

– Tchau – eu sussurro. E parto.

Não está tão frio lá fora, mas dá para sentir. Ainda está bem escuro. A única luz é a do nosso trailer; estamos bem longe dos outros trailers. Posso ver o formato de dinossauro preto dos bosques das montanhas Blue Ridge ao meu redor e ouvir os sons noturnos de grilos e outros animais. Eu me viro para o trailer e percebo movimentos por trás das persianas fechadas. Eu checo para ter certeza de que o trailer está ainda sobre lajes de concreto, não sobre rodas. Está.

Na minha cabeça, eu faço virar dia para espantar qualquer lobo ou vampiro. Faz tanto sol que tenho de espremer os olhos para ver, mas sei para onde estou indo. Ando rápido, com cuidado, impedindo que meus tênis façam muito barulho na terra cheia de pedrinhas, para que ninguém saiba que estou aqui.

Alguns lotes vazios para baixo há uma velha casinha de cachorro que alguém construiu e abandonou. É de madeira, com um telhado vermelho descascado e "CACHORRO" escrito em letras douradas sujas.

Eu vou bastante para lá. Para manter os guaxinins afastados, coloquei um caixote de madeira na frente da entrada, como um prédio abandonado. Dentro eu mantenho um travesseiro, cobertor, um livro velho de biblioteca e uma pequena lanterna que roubei em uma viagem com Jackson a uma loja de produtos para carro, Malcom's Auto Supply. Eu a coloquei dentro da manga da minha jaqueta e rezei a Deus para que ninguém visse. Ninguém viu.

Dentro da casinha de cachorro, eu coloco os cobertores nos ombros, com o travesseiro no chão de madeira, embaixo de mim. Eu deito o caixote de madeira, então ele ainda bloqueia a porta, mas consigo ver um pouco lá fora. Ligo minha lanterna, mas tomo cuidado para não ficar iluminando demais, só o suficiente para ver que todas as paredes ainda estão lá e que não se abriu um portal para outra dimensão, como num guarda-roupas de um livro que eu li.

Estou aliviado e decepcionado que não abriu. Não inspeciono o teto pontudo porque sei o que há lá em cima e não quero ver suas teias brilhantes. Gosto de pensar que elas me tomam como uma delas, prontas para escorregar para baixo, como Tarzan, e atacar qualquer coisa que tente me machucar. Nós, os predadores comedores de carne da casa do CACHORRO, protegemos os nossos.

Eu respiro na umidade dos meus cobertores, uma mistura de cheiro velho de cachorro e um leve cheiro de urina, que eu limpei o melhor que pude da última vez que tive um acidente. É tão confortável. Eu decido nunca sair de lá; vou esperar até que uma parede finalmente se dissolva e eu escape para outra dimensão.

Deito no travesseiro e acendo a lanterna iluminando a figura gasta no caixote. Olho para o menino ruivo e sorridente, cheio de sardas, com um enorme sombrero, subindo uma escada que está apoiada num árvore cheia de pêssegos. Ele acena com uma mão e pega um pêssego com a outra. Quando eu balanço a lanterna, a mão dele se mexe, acenando para eu me juntar a ele. Fico deitado de bruços, como sempre faço, apoiado no travesseiro, com a lanterna sob meu peito, como um holofote.

Eu começo a me mexer para cima e para baixo.

– Venha comer um pêssego comigo – ele sempre me diz. – Vamos para minha casinha na árvore comer pêssegos, só você e eu, para nunca mais voltar.

Minhas mãos embaixo de mim começam a procurar o meu troço.

– Você pode usar meu sombrero – ele me promete e estica o braço para mim.

Eu abro meu zíper e apalpo, porque não está lá, apontando como uma minichave de fenda em direção ao meu estômago. Eu sinto pânico e entusiasmo ao mesmo tempo. Deus finalmente me curou, a água sanitária funcionou! Eu coloco a mão na pele macia do meu púbis, com medo de ir mais pra baixo.

Sinto algo lá, entre minhas pernas, mas não tenho certeza do que é. Me sento rapidinho, com o cobertor enrolado em mim, e me apóio numa parede. Segurando o fôlego, levanto minha cintura, desço meu jeans até o joelho e acendo a lanterna. Acho que sei o que vejo, apenas uma pele branca e lisa como numa boneca Barbie.

Abro meus olhos e a lanterna brilha no meu troço rosa-amarelado colado para trás, entre minhas pernas. E de repente eu sinto pressão na minha bexiga e preciso mijar. Eu movo minha mão trêmula e puxo meu troço; ele estica pra frente um pouquinho, como um chiclete grudado na calçada, mas depois volta para trás.

Eu puxo de novo, com força, mas apenas faz meus olhos lacrimejarem. E então encontro uma corda grudada ao lado do meu troço e eu a sigo com meus dedos. Ela desaparece dentro de mim. Eu puxo com força e parece que meus intestinos estão sendo pressionados. Eu gemo de dor.

– Oh, piedade, Senhor – eu digo várias vezes; as palavras soam grandes e vazias demais dentro da caixa de madeira para ter qualquer efeito.

BABY DOLL

Eu me deito de costas no travesseiro e fecho os olhos.

Desligo a lanterna e coloco a mão embaixo das pernas até a corda. Definitivamente está grudada a algo no meu cu e não consigo me lembrar de como isso chegou lá. Puxo de novo, é como tentar tirar uma grande casca de ferida. Puxo de novo, mas mal se mexe e lágrimas caem do meu rosto. Ponho a mão de novo no meu troço, mas está grudado para trás.

– Está grudado – eu choro sob o teto cheio de aranhas.

Minha boca se abre numa convulsão de tristeza e medo. Solto um guincho agudo, como um cachorro vadio acertado por uma espingarda de chumbo. O som me assusta ainda mais e eu deito de bruços e me enrolo no travesseiro. Meu corpo treme como se eu combatesse uma febre alta. Preciso muito mijar, e acho que ainda consigo, mas não quero sair lá fora.

Apenas escapa de mim, por trás, entre minhas pernas. Eu escuto acertar a parede atrás de mim e escorrer. Molha um pouco do meu cobertor, mas o alívio do calor só me faz soluçar mais forte, meu fôlego rápido demais, fora de controle.

A respiração de Jackson é como um mosquito zumbindo violentamente no meu ouvido.

– Você é minha bonequinha linda, bonequinha linda – ele diz entre suspiros e baforadas em meu ouvido.

Suas mãos correm para cima e para baixo sob meu baby doll, como um cachorro cavando na terra. Ele cobre meu rosto com beijos famintos, me cobrindo com seu hálito de cerveja. Ele me levanta do seu colo, minhas mãos no seu pescoço. Ele me carrega para o lado deles do quarto, para a cama deles.

– Sexy baby, garotinha quente do papai.

– Sou bonita? – Pergunto.

– Hmmmm – Jackson diz, deitado ao meu lado, baixando o zíper do seu macacão laranja como se estivesse se descascando ao meio. Meus braços ainda estão enlaçados, firmes nele. Sinto suas mãos trabalhando no escuro e escuto sua cueca sendo tirada.

– Você me ama? – Pergunto.

– Pronto para o papai? – Ele pega meus braços e tira do seu pescoço.

– Nãaaaao... – Eu coloco de volta, mas ele os empurra para baixo.

– Você está me sufocando, bonequinha...

Tiro meus braços. Ele escorrega para cima de mim, me apertando para baixo.

– Pronto para o papai? – Ele procura algo na cabeceira e eu escuto o barulho, como um peido, de um tubo sendo apertado.

– Sou sua linda garotinha – digo.

– Hum, hum, ok, baby, apenas relaxe, vou te lubrificar.

Sinto-o procurando, lá embaixo, seu dedo molhado e pegajoso dentro das calcinhas de renda que ele comprou especialmente para ela.

– O que é isso? – Ele aperta meu troço colado para trás, ignora-o e continua seguindo.

– Eu sou boa?

– Sim, baby. – Seu dedo molhado escorrega para dentro de mim.

– Eu sou boa?

– Oh, sim, boa e molhadinha. – Outro dedo entra.

Eu olho a sombra de sua enorme cabeça no teto.

– Ok, baby... apenas relaxe, ok, baby... ? Relaxe.

– Eu sou boa, certo?

– Aqui, baby... abra pro papai... sei que você já fez isso, então abra pro papai.

O troço dele começa a me pressionar. Ele expira profunda e rapidamente, então é difícil de eu respirar.

– Sou boa, certo?

Ele se abaixa e me beija, sua barba arranhando meu rosto, cobrindo meu nariz. Sua língua me sufoca quando eu abro minha boca para respirar. Ele me puxa com os cotovelos, sua cabeça está jogada para trás.

BABY DOLL

Tento colocar meus braços em volta dele, mas não consigo movê-los.

Ele geme e se empurra para dentro de mim. Sinto rasgando e lembro de como foi da última vez. Era um cowboy, ela tinha desmaiado, e eu tive de tomar pontos de um médico que eu conhecia.

Eu juro que consigo ouvir o rasgar, escuto-o preenchendo meus ouvidos, cobrindo seus gemidos e sussurros e o perco. Está nublado e eu não consigo enxergá-lo, apenas um sol gigante soltando fumaça.

Tento dizer a ele para não me soltar, que preciso ficar com ele, saber o que ele sabe, o que minha mãe sabe, o que aquele cowboy sabe, então, depois, eu poderei deitar em seus braços, rir e me enrolar com tanta paz que poderei até morrer.

Mas sou quebrado ao meio por dentro, é tudo o que eu sei e tudo o que posso descobrir.

Fico no banheiro, olhando para a mancha no meio da calcinha de renda dela, aquela que ele encomendou especialmente da Victoria's Secret.

Depois, ele a colocou de volta em mim. Ele não disse nada, eu não disse nada.

Pego um pouco de papel higiênico e limpo o machucado úmido. Eu o trago encharcado de sangue e um troço mucoso.

– Fui quebrado ao meio e ela vai me deixar – digo alto para mim mesmo, tentando não chorar.

Eu o escuto ligar a TV e abrir uma cerveja. Vejo a mancha vermelha na calcinha de novo, como as calcinhas que ela lava à mão e pendura no box do banheiro, quando está naqueles dias. Ela sangra porque homens pensam coisas ruins dela, incluindo, e especialmente, eu. Então tenho de andar até a farmácia e comprar para ela Tampax, com o aplicador de plástico para parar com maus pensamentos. Eles ficam nas prateleiras de bambu sobre a privada, rosinhas, prontos para absorver todo o mal.

Ela volta da farra.

Ela me vê, parecendo com ela, vestido com o baby doll que o Jackson comprou pra ela da Victoria's Secret, de pé numa cadeira dobrável de metal, limpando a calcinha manchada de sangue.

Ela procura o Jackson e o encontra dormindo em sua cama, deitado ao lado de uma mancha úmida e vermelha na colcha branca que pegamos no Holiday Inn.

Ela grita tão alto que o próprio Jackson acorda gritando.

Ela grita comigo por tê-la enganado. Ela grita com ele por trepar com aquele viadinho pelas costas dela. Ela grita com ele por me deixar usar as coisas especiais que ele comprou para ela na Victoria's Secret e que agora estão estragadas.

Ela viu que eu estraguei tudo e agora vai me matar!

Mas há coisas piores do que ser morto.

Eu ilumino com minha lanterna o garoto ruivinho e sardento que acena para eu comer pêssegos. Mesmo com meu troço colado para trás e um Tampax enfiado em mim, ele acena da casinha da árvore, onde nós vamos nos abraçar o mais apertado possível e nos quebraremos juntos.

Nós praticamos da forma como geralmente fazemos no caminho para a clínica, dirigindo a pickup vermelha do Jackson. Minha mãe não me leva ao hospital local; em vez disso, fazemos uma longa viagem para uma clínica no mato das montanhas da Virgínia, que tem todos os médicos aposentados que não gostam de preencher fichas.

– Agora, como isso aconteceu com você? – ela pergunta, fumando um cigarro numa mão, dirigindo com a outra e olhando em frente para a estrada, de vez em quando virando a cabeça para soltar fumaça pela janela.

– Fiz isso comigo mesmo – eu murmuro, meu estômago está apertado e ácido. Eu engulo o vômito.

– Mais alto, tem de ser mais alto! Você olhará bem nos olhos deles também, entendeu? – Ela coloca uma mecha de cabelo solto em sua trança, o cigarro quase queima sua orelha.

Eu aceno.

— Agora, o que aconteceu? — Ela pergunta de novo?

— Fiz isso sozinho — digo mais alto, e olho para o pára-brisa cheio de insetos esmagados, como se fosse a face maligna do inquisidor.

— Alguém está abusando de você? — Seus olhos ainda estão um pouco inchados, mas sua maquiagem francesa cobre.

Vejo seus lábios vermelhos brilhantes chuparem com força seu cigarro.

Ela usa pequenos brincos de cruz Fairy Stone. As lágrimas dos anjos de quando Jesus morreu. Jackson comprou para ela na loja de souvenirs do Fairy Stone Park.

— Bem, abusaram? — Ela bate na minha coxa.

— Não, não senhora ou... — Olho novamente para o pára-brisa. — ... ou senhor... — Olho para ela. Ela assente para eu continuar.

— Fiz isso sozinho, senhor, ou senhora.

— Fale mais alto.

— Tudo sozinho, senhora... — Falo mais alto.

— Por que você faria uma coisa tão idiota? — Eu me viro para ela, ela olha para frente, soltando fumaça, nem é para fora do carro, como geralmente faz para não ficar com cheiro de puta de bar.

— Bem?

— Hum... eu queria ser uma bela menina — murmuro.

— Não, não, não. — Ela bate na direção do carro cada vez que diz não. — Quer que eles te prendam? Te tranquem num manicômio como fizeram antes? — Ela solta fumaça direto no pára-brisa. — Ou quer que te coloquem na cadeia?

— Não — eu suspiro.

— O quê?

— Não, senhora.

— Certifique-se de não ser grosso com eles, mostre que eu te eduquei direitinho.

— Sims'hora.

— Agora, por que você faria uma coisa tão malignamente idiota?

— Porque eu queria saber — eu digo alto demais.

– Saber o quê? – Ela diz ainda mais alto e bate na direção novamente.

Eu não respondo.

– Sabe o quê?! – Ela bate de novo, mais fraco.

– O quê?!

– Como é ser bom.

– O quê?

– Senhora.

– O quê? Eu acho que você precisa ser trancado num hospício por um bom tempo.

– Pare! – Eu grito.

– O quê? – Ela pára o carro no acostamento da rodovia de duas mãos.

Eu salto para fora e tento vomitar na relva verde escuro que cresce ao lado do asfalto.

Mas não há nada para sair de dentro de mim.

– Terminou? – Ela chama do caminhão.

Quando tudo estava feito e terminado, a enfermeira de cabelo branco balançou seu dedo para mim e disse, alto o suficiente para que todos na sala de espera ouvissem, que eu não devia fazer coisas idiotas como a que eu tinha feito. Ela nos deu dois frascos laranjas de pílulas. Um era para evitar que meus pontos infeccionassem, o outro para a dor e o desconforto. A enfermeira me deu uma pílula do segundo frasco e, quando voltamos para o caminhão, minha mãe tomou duas.

Não dissemos nada no caminho para casa. Eu devo ter dormido, porque acordei na minha cama, embaixo dos cobertores. Me pergunto se minha mãe me carregou ou se foi o Jackson. Eu queria ter estado acordado, apenas fingir estar dormindo, quando alguém me carregasse em seus braços e me colocasse na cama. Eu esfrego minha testa e checo meus dedos para ver se há alguma marca de batom de quando eu fui levado pra cama. Não há. Provavelmente eles já limparam mesmo.

Meus cobertores estão em volta de mim e um ursinho de pelúcia rosa, que o Jackson ganhou para mim numa barraca, está ao meu lado. Um urso maior, que ele ganhou para ela, fica na cama deles, mas é grande demais para ser abraçado e é jogado no chão todas as noites.

Eles brigam.

– Por favor, bonequinha – ele repete seguidamente.

– Estou cansada de você – ela diz a ele.

– Me arrependo tanto, bonequinha – ele continua dizendo.

– Você me enoja.

Eu vou até a janela e pego as pedras lágrimas de anjo perfeitas que encontrei no parque Stone Fairy.

– Olhe o que eu comprei pra você, docinho, por favor, querida, é bonito mesmo. – Ele parece que vai chorar. Eu sei que não adianta nada. Eu sei que ela vai embora. Seguro minhas cruzes de pedra e rezo para que ela me leve com ela.

– Por favor, baby, me desculpe, por favor, baby.

Eu não achei as pedras na floresta realmente.

– Você não pode me deixar, baby!

Eu as roubei da loja de souvenirs, onde eles vendem pedras perfeitas que outros encontraram. Finjo que as encontro, finjo que só eu consigo encontrar algo tão perfeito, tão abençoado, tão especial.

– Por favor – ele chora.

Eu me levanto com certa dificuldade, como se estivesse tentando correr num sonho. Eu me debruço para fora da janela sobre minha cama.

– Bonequinha, jamais vai acontecer de novo!

Sinto o decadente cheiro doce do outono e vejo o vermelho e o amarelo espalhados pelas montanhas, como um incêndio atingindo todas as árvores em volta do nosso trailer.

– Achei que ele era você, achei mesmo, parecia igualzinho a você, eu juro...

Estico minha mão fechada e jogo minhas cruzes pela janela, na terra.

– Ele ficou em cima de mim, falando como você, parecendo com você, bonequinha...

Vou esperar que elas cresçam, como o pé de feijão mágico, subindo até o céu. Vou subir nele, mesmo que a água salgada em formato de chuva me atinja.

– Você não pode fazer isso comigo, boneca! Não pode!

O céu vai se abrir como uma fenda na carne e os cabos vão se despedaçar como vidro.

– Há algo de errado com ele, baby, algo não está certo.

E milhões e milhões de lágrimas de anjos vão sacudir a Terra e se solidificar em cruzes.

– Não vou deixar ele me pegar assim de novo, bonequinha, eu juro!

E eles vão esperar centenas de anos para que eu volte e venha buscá-las.

– Vamos embora, baby, apenas eu e você, para um lugar chique e legal.

Vou buscar minhas lágrimas petrificadas pelo terror da perda.

CARVÃO

Eu passei um bom tempo procurado pela ginger ale Canada Dry. Muitas lojas não vendem. Canada Dry não tem veneno. Eu não tenho certeza sobre as outras bebidas. A batata Pringles ondulada também não tem veneno. Você precisa de uma grande rede, como Safeway ou Piggly Wiggly, para encontrar produtos mais sofisticados. Sempre que as coisas saem do controle, eu sei que o carvão preto é o responsável, e sei o que fazer, minha mãe me ensinou.

Eu olho as paredes no supermercado e digo a ela assim que acho que elas vão se mover. Uma vez nós deixamos o carrinho metade cheio de Pringles e Canada Dry no caixa. Eu puxei a capa de chuva preta dela, de leve; não dá para chamar muito a atenção senão elas te vêem. Ela não percebeu meu puxão, no começo. Eu olhei para seu rosto escondido na sombra do seu cabelo desgrenhado, tingido de preto. O azul claro de seus olhos movia-se bruscamente, vendo os rostos suspeitos, principalmente do casal de moletom rosa, rindo na nossa frente.

Estão comprando um monte de comida envenenada: manteiga Land O'Lakes, molho de salada Mr Paul Newman, Sprite, Burgers'n' Buns e cenouras e Cheetos laranjas demais. Eu tento não ficar olhando, diferentemente da minha mãe, que tenta descobrir quem são eles, se são agentes secretos do carvão, tentando nos conquistar e nos enganar. Eles podem ser vítimas inocentes, hipnotizadas pelas forças do carvão preto para serem envenenadas acidentalmente, mas seus uniformes rosa-pastel combinam demais, então eu acredito que sejam forças do mal.

Eu puxo novamente pela manga dela. Até então, sua mão estava enterrada na proteção impermeável. Custou 15 dólares no Exército da Salvação, comprada hoje mesmo, depois que descobrimos que o carvão preto estava na ativa. Tentamos encontrar uma capa de chuva preta para mim, mas do meu tamanho só tinha amarela e verde, cobertas com coelhinhos e tartarugas. Ela disse depois de tingirmos o cabelo que eu ficaria a salvo, mesmo sem capa de chuva.

A tintura está no nosso carrinho, afundada sob seis caixas de Canada Dry e o tubo vermelho de Pringles, selado a vácuo, e eu gostaria que não estivesse. Eu poderia escondê-la na cintura do meu jeans, mesmo que roubar só alimento o julgamento do carvão.

Eu escuto o *swoosh swoosh* das unhas da minha mãe coçando dentro das mangas de vinil. Seus calcanhares nus escorregam dentro de suas botas de couro pretas. Eu ainda estou com roupas de civil. Minha camiseta é branca suja, assim como meu Keds e até minhas meias. Meu jeans é azul escuro, não preto. O próximo passo é a lavanderia Laundromat.

Vou me deitar pelado no banco de trás, olhando para o tecido cor de queijo do interior do nosso Toyota, enquanto ela tinge minha roupa na lavadora.

O casal de moletom rosa é o próximo da fila. Ela fica rindo para mim, me pegando olhando para seu Cheetos. É veneno, tudo veneno, eu canto silenciosamente para mim mesmo, mais alto do que meu estômago que ronca. Então, como um verdadeiro demônio, a mulher pega uma barra de Hershey's da gôndola acima da esteira do caixa, abre-a e dá uma mordida. Hershey's é seguro algumas vezes, mas agora é um truque, porque o cheiro de chocolate mergulha em mim.

CARVÃO

Olho para minha mãe para ver se ela percebeu, mas seus olhos estão vidrados nas paredes, calculando suas distâncias, medindo os centímetros de movimento; ela não confia completamente em mim para fazer esse trabalho. De novo, eu puxo levemente na sua manga

A mulher me olha nos olhos e dá um sorriso largo, as linhas do seu batom vão muito além dos lábios, seus olhos se apertam como se fosse chinesa, com as rugas de um bigode de gato escapando nas beiradas.

Eu me seguro na manga da minha mãe; a mulher se inclina e coloca o rosto perto do meu. Sinto o cheiro do chocolate açucarado em seu hálito e olho dentro de suas narinas escuras com pêlos cheios de muco.

– Quer um pedacinho de chocolate? – Ela pergunta.

Minha mãe se sacode, como se estivesse tentando livrar o corpo de uma armadilha. A mulher olha para minha mãe, seu sorriso desaparece enquanto ela fala.

– Ele está tão quietinho e bonzinho... Achei que ele gostaria...

A cabeça da minha mãe se inclina como um cavalo preso, com grandes movimentos para frente e para trás: não. Seus olhos focam o chão xadrez.

– Desculpe... – a mulher começa, seu rosto se contorcendo numa careta. Dá um passo atrás. – Só achei...

A mão puxando meu pulso me faz saltar. Minha mãe não diz nada para mim ou para a senhora de rosa que ainda segura sua barra de Hershey's; ela puxa meu braço enquanto corremos, tentando achar a saída. Consigo ouvir sua respiração e meu coração batendo.

Todas as filas estão cheias, não há caixas livres para escapar. Suas unhas afundam na pele do meu pulso. Eu a atropelo. Ela parou como uma estátua e ficou olhando a parede bem à nossa frente, repleta de cigarros, lenha e carvão, barrando a saída.

A parede se mexeu.

– Tentei te dizer – eu cochicho, mas agora sei que ela não pode ouvir. Eu olho para a catraca de entrada e um caixa vazio com uma corrente de "fechado". Eu torço meu braço algumas vezes até que ela me siga, ainda segurando meu pulso. Ela anda de lado, olhando para a parede, com a boca aberta num "O".

Quando chegamos na corrente, eu a levanto o mais alto que consigo.

– Passe por baixo – eu sussurro.

Ela fica parada, olhando para a parede.

Eu puxo meu braço com força. – Por baixo.

Ela apenas olha. Um homem com um crachá larga as maçãs que estava arrumando e começa a vir em nossa direção. Eu largo a corrente e puxo minha mãe o mais forte que consigo. Ela se vira para mim, com raiva no rosto, fazendo meu estômago apertar.

– Passe por baixo – eu ordeno e levanto a corrente de novo. Mordo meu lábio para que ela não o veja tremendo. Ela abaixa a cabeça, se abaixa e engatinha por baixo da corrente, ainda segurando meu braço, me puxando para baixo com ela, como se estivéssemos nos portões do limbo.

– Com licença, senhorita. – Eu escuto. – Senhorita?

Minha mãe foge, absorta, quase atravessando a porta de entrada; eu galopo para segui-la. O calor do estacionamento nos invade, transformando o ar em linhas visíveis que tomam formas.

– Senhorita... – eu escuto atrás de nós, antes de ver uma mão fina e branca se esticando até ela. Mal toca seu ombro forrado de preto quando ela se vira, seus dentes cerrados, seus olhos bem abertos.

– O quê?

– Preciso que abra seu casaco... ou volte para dentro da loja... – Ele limpa a garganta, olhando em volta, não para ela.

– Você acha que eu roubei alguma porra? Num tempo desses? Você acha que roubei alguma porra?! – Sua mão fecha mais apertado em volta do meu pulso, a cada palavra pronunciada, como um torniquete.

– Hum... senhorita?

– Você vai se arrepender muito, muito... – ela começa, sem soltar meu braço, desabotoa a capa de chuva.

Eu me viro e vejo alguns garotos atrás de um furgão mostrando a língua para mim.

– Ok, ok, ok, senhora. Obrigado. Obrigado.

– Quer checar minha boceta?

Eu me viro para ver minha mãe com a capa aberta, seu corpo nu exposto, brilhando com suor. Ela solta meu pulso e vira os bolsos para fora. Um pedacinho de carvão cai no chão. O pescoço dela se estica como um peru diante do abate, em direção ao rosto vermelho dele.

– Senhora? – Ele olha para o sorriso proeminente dela com uma mistura de medo e tristeza que me assusta mais do que quando ele queria prendê-la.

– A senhora está bem? – ele pergunta suavemente.

Um homem passando numa pickup assobia e eu sigo o olhar dele até o tufo de pêlos loiros ouriçados entre as pernas da minha mãe. Ela respira fundo para responder, seu rosto vermelho escuro. Eu pego a bainha da sua capa, onde ela segura aberta, com os punhos. Eu puxo gentilmente, mas com firmeza, e sua mão me segue, fechando a capa como uma cortina.

– Venha – eu cochicho, sentindo uma força que valorizo e temo.

– Ela está bem? – ele pergunta, falando comigo pela primeira vez.

– Apenas cansada – eu falo para dentro da capa da minha mãe, que seguro fechada sobre aquele tufo amarelo escuro. Eu o escuto respirar para dizer algo, mas só solta um suspiro. Eu olho para o rosto da minha mãe, com medo de que ela esteja se preparando para dizer ou fazer algo, mas tudo o que consigo ver é a ponta de seu queixo. Ela está olhando bem para cima, para o céu, olhando, esperando.

– Ela vai ficar bem – eu digo para o homem atrás de mim.

– Tem certeza? – ele pergunta e eu o escuto dando um passo para trás. Sempre é mais fácil convencer as pessoas de que está tudo bem, porque se não estiver, elas terão de se envolver.

– Sim – eu confirmo, olhando para ela e apertando sua capa mais firme.

– Ok... é... obrigado... – ele diz, indo embora rapidinho.

– Sarah? – Eu puxo sua capa. – Sarah?

– Tem fogo preto vindo do céu – ela diz, com o pescoço esticado.

Uma mulher linda de bermuda empurra o carrinho para o carro à nossa frente. Um menininho está no assento de bebês. Ela começa a descarregar sacos marrons de compras em seu caminhão. Ela olha para nós.

– Calor – ela diz e sorri.

– Sorvete – o garotinho diz.

– Assim que chegarmos em casa, Billy – ela diz a ele.

– Fogo está descendo do céu – minha mãe diz, olhando para cima.

– Perdão? – a mulher diz, levantando Billy para fora do carrinho. Posso ver o topo das caixas coloridas de comida saindo dos sacos. É veneno, digo a mim mesmo.

– Você vai queimar, sua traidora! – minha mãe diz e eu olho para cima para ver se ela está falando comigo, mas ela se voltou para a mulher. A mulher fica olhando minha mãe por um tempo, balança a cabeça e dá as costas. Eu a vejo colocando Billy na cadeirinha de bebê. Minha mãe volta a olhar para o céu.

– Mãe... vamos... – minha garganta está seca e eu mal consigo engolir. Eu vejo a mulher dando uma mamadeira ao Billy. Ele chupa com os olhos meio fechados. Veneno. Eu penso.

– Mãe... – eu me volto para ela. O sol está queimando o asfalto e vejo suor escorrendo pelo pescoço dela. Minha cabeça está molhada. – Sarah? – eu solto a capa, que agora ela mantém fechada, e bato na mão dela. Ela não se mexe.

– Por favor?

CARVÃO

A mulher no carro liga os motores. Ela não olha pra gente. Eu a vejo indo embora. Tento esquecer da mamadeira cheia de leite, cheia de veneno.

– Há outra loja, descendo a rua. – Eu cutuco sua mão, repleta de suor. Ela não responde por minutos. Eu fico lá, esperando, olhando pra ela, no sol. De repente, ela olha para baixo e para nós. – Onde estão nossos suprimentos?

Eu também olho em volta, como se os tivéssemos perdido.

– Não sei – digo a ela.

– Está tudo escuro! – Ela grita, apontando para o asfalto.

– Eu comi tudo – digo e aceno para o chão. De repente ela se joga no chão, pega o pedacinho de carvão que havia caído de seu bolso e corre. Eu começo a correr para segui-la, passando por nosso carro, para fora do estacionamento, na calçada. Ela corre pela calçada cheia de buracos até uns arbustos atrás de uma boate abandonada. Eu a vejo rastejando para dentro deles. Eu a alcanço, ofegante, e a sigo entre os arbustos. Ela se curva, com a capa sobre a cabeça. Fica balançando.

Sei que menti sobre os suprimentos e sobre tê-los comido, mas eu esperava que ela esquecesse; em tempos como esse, ela esquece as coisas facilmente. Se ela se lembrasse do que aconteceu na loja, ela poderia dizer que era minha culpa que as paredes se mexeram, minha culpa por a gente não ter nada para comer ou beber, minha culpa que não tínhamos tintura e eu ainda estava com minha camiseta branca e jeans azul. Ela pode ter começado a pensar que sou um traidor. Ela pode decidir que sou mal. Preciso ter muito cuidado. Espero que mentir não aumente a ira punitiva do carvão, mas eu havia acabado de presenciar suas habilidades destrutivas. Ele incendiou nossa casa, talvez tenha matado nosso padrasto e queimado meu melhor amigo.

Eu entro nos arbustos e procuro embaixo da capa que estava colocada sobre sua cabeça.

– Está tudo bem... Sarah... – Ela balança a cabeça que não. Eu ando cuidadosamente ao lado dela.

– Vou te proteger – eu sussurro acima dela, e lentamente puxo a jaqueta para baixo de sua cabeça, para cobrir seu corpo nu. Eu abaixo minha mão sobre seu cabelo desgranhado, ela chora. Passo a mão em seu cabelo macio e molhado de suor.

– Está vindo... vamos pegá-lo... – Eu a sinto tremendo sob minha mão.

– Shhhh... – Eu sussurro – vou proteger você. – Bato em seu ombro e ela coloca a cabeça entre minhas pernas. De pé, eu fico um pouco mais alto do que ela sentada, então eu me abaixo e coloco os braços em volta dela.

– Vamos pegá-lo, vamos pegá-lo, vamos pegá-lo – ela murmura.

– Está tudo bem... ninguém vai nos pegar aqui. – Eu me inclino sobre ela e suavemente beijo sua bochecha salgada de lágrimas, várias vezes.

– Está tudo bem... – eu sussurro. – Está tudo bem. – Procuro suas mãos, pretas e fuliginosas do pedaço de carvão que ela tirou do bolso. Embaixo de suas unhas está bem encardido por ela ter arranhado e apertado o carvão. Eu puxo o carvão de seus dedos e o coloco de volta no bolso de sua capa de chuva.

Coloco meus braços em volta dela, apertando-a cada vez mais forte, me sentindo como Atlas com o peso do mundo inteiro sobre meus braços.

Quando o sol se põe, consigo colocá-la de volta no carro.

– Quer que eu compre alguns suprimentos? – Eu pergunto, sentindo meu coração batendo no meu estômago vazio. Ela balança a cabeça, dizendo que não, abaixa seu banco e vai dormir.

Eu acordo com um salto, incerto de onde estou. O estacionamento está vazio e a lâmpada fraca da rua pisca sobre nós. Eu abro a porta em silêncio e saio.

Ando até uma pequena caçamba de lixo, ao lado de um Burger King apagado, e mijo. O forte cheiro oleoso do lixo faz minha boca salivar. Eu volto para o carro e vejo minha mãe enrolada em sua capa. Entro e começo a rasgar com as unhas os sacos plásticos brancos. Batatas fritas, pães doces com creme, copinhos de refrigerantes ainda cheios, coloco na minha boca tão rápido que mal consigo respirar. Encontro mais e mais enquanto procuro, até pacotinhos fechados de ketchup. Eu abro e jogo tudo dentro da boca.

Não sei quanto tempo fico lá comendo e quanto tempo ela fica atrás de mim, olhando. Tudo o que consigo pensar é em comer mais. O cheiro de amido é irresistível e eu não consigo inalá-lo rápido o suficiente. Eu nem penso em ser envenenado e em morrer.

Quando eu a vejo, ela tem um semi-sorriso no rosto. Fica maior quando eu solto o creme pastoso que está em minhas mãos.

– A tentação lhe atingiu – ela diz baixinho.

Eu engulo o pedaço de fritura crocante na minha boca e tento falar, mas apenas ar sai.

– Você tem sorte por ter a mim – ela diz, andando para longe do lixo. Eu saio e a sigo até o carro, minhas mãos trêmulas limpam migalhas do meu rosto. Ela entra na frente e abre a porta de passageiros para mim.

– Sinto muito.

– Você acaba de ser envenenado – ela diz solenemente. – Você é fraco e se entregou à tentação... Agora vai morrer.

O cheiro de gordura está no meu jeans e na minha camiseta, me cobrindo como uma película, tornando difícil de respirar. Meus olhos se enchem, nublando tudo. Eu os esfrego rapidamente, esperando que ela não veja; chorar só vai piorar as coisas.

– Não quero morrer – eu sussurro. – Por favor, por favor, não temos nenhum antídoto? – Eu coloco as mãos envolta da barriga e sinto doer.

– Você comeu veneno, você comeu veneno, você comeu veneno – ela canta, com o rosto num grande sorriso. As lágrimas começam a cair. Eu olho para baixo, tentando me controlar.

– Você comeu veneno, você comeu veneno – ela diz como uma criança traquinas no parquinho da escola. Eu coloco o pânico de lado e olho para o rosto sorridente dela, seus dentes brilhantes como diamantes na luz fluorescente.

– Se eu morrer, quem vai olhar as paredes? – Eu digo o mais calmo possível. Sua boca lentamente se fecha.

– Se eu morrer, quem vai avisar você se a terra se partir e engolir o carro? – Eu a ouço engolir.

– Se eu morrer, quem vai ficar lá para o carvão destruir nas chamas primeiro? – Ela não diz nada, apenas se vira em seu assento e olha para o lixo.

Após alguns minutos, ela procura embaixo do assento e traz uma pequena garrafa plástica. Eu a vejo abrindo a tampa, enquanto eu engulo um grande arroto. Ela me passa a garrafa e eu tento segurá-la firme, mas minhas mãos tremem, provavelmente pelo veneno que já começou a me matar. Eu levo a garrafa até meu nariz; o cheiro de cereja me deixa mais calmo. Nós compramos ontem na farmácia do Wal-Mart. Caso fôssemos envenenados, aquele seria o antídoto.

Foi bem caro, então só tínhamos o suficiente para seis caixas de latas de Canada Dry – as garrafas estão envenenadas. Mesmo quando eu trago as latas vazias que coletei no depósito, não consigo o suficiente para uma Pringles.

Mas ter fome é se purificar e manter o mal distante de você.

– Beba um pouco – ela diz.

Eu levanto a garrafa até meus lábios e bebo um pouco do líquido doce cor de madeira com cereja.

– Não tudo! – ela grita e arranca a garrafa. – Acabei de comprar e já está na metade. – Ela levanta a garrafa contra a luz que entra pelo pára-brisa para ver quanto sobrou. Eu leio as letras brancas grandes do rótulo.

– Bebi o suficiente? – pergunto.

– Acho que sim. A porra está quase no fim.

– Mas funciona?

– Deve funcionar – ela diz, colocando de volta embaixo do assento.

CARVÃO

– Obrigado, senhora – eu digo, me encostando de volta no assento, me sentindo secretamente aquecido e preenchido pela comida, confortado pelo xarope e pelo antídoto ser tão fácil.

Ela se encosta novamente e se vira. – O veneno vai lutar para sair de você.

– Ok, eu murmuro, escorregando para um sono, sonhando com outros lixos e com o antídoto de xarope de cereja que eu posso comprar com o dinheiro que tenho escondido numa garrafa. Chega de Pringles e Canada Dry, porque está lá no Wal-Mart, esperando por mim, aquela garrafa marrom com rótulo verde e grandes letras brancas. Doce como bala, meu antídoto: Ipecac[1].

Eu não durmo muito até que uma ânsia de vômito violenta me acorda. O vômito sai da minha boca com tanta força que acerta o pára-brisa do carro. É seguido por outra ânsia e mais comida não digerida do lixo voa no vidro à minha frente. Minha mãe grita, se estica sobre mim, abre a porta e me empurra para fora. Eu caio no chão do estacionamento, meus braços em volta do estômago, o vômito automático continua. Tento respirar, mas apenas vomito mais, pedaços de comida entram no meu nariz até que um vômito sai queimando.

Ela fica atrás de mim, gritando. Eu escuto seus gritos abafados pelo sangue que pulsa em meus ouvidos e pelos espasmos incessantes. Ela grita por causa do carro, pela punição do carvão sobre mim, pela sujeira, a sujeira terrível no carro.

Eu me sinto sufocando, sem ar. Tento agarrar os pés dela, calçados em botas de couro, mas ela dá um passo atrás, ainda gritando. Eu vomito mais uma vez e tudo fica escuro.

Eu iniciei a Era do Carvão Preto.

Um pequeno forno de carvão fica no canto de um bangalô de 75 dólares por mês nos limites de uma pequena cidade de West

---

[1] Ipecac: xarope que induz ao vômito.

Virgínia. A casa não tem eletricidade e tem uma bomba do lado de fora para tirar água enferrujada.

Mas eu tenho uma TV à pilha que Chester me deixou ter. Chester se casou com minha mãe dois dias depois que eles se conheceram num bar da cidade. Eu mantenho minha TV ligada dia e noite. Chester não se importa, ele me compra novas pilhas toda semana.

Eles trabalham no porão: Chester, minha mãe e seus amigos motoqueiros. Eles ficam lá todo o dia e toda a noite. Eu não tenho permissão para descer os degraus rangentes de madeira. Não tenho permissão nem para chegar perto. Levei uma surra do Chester por tentar abrir o cadeado do porão quando achei que eles haviam partido, mas mesmo depois da surra, eu continuei descendo as escadas e mexendo no cadeado sempre fechado para tentar ver o que era todo aquele segredo e entusiasmo.

Minha mãe não conversa muito comigo. Seus olhos, como os de Chester, têm um contorno vermelho, como se alguém tivesse pintado à caneta. Eu deito de bruços no carpete amarelo sujo, olhando para minha TV mas assistindo minha mãe caminhando pela sala. Ela coça o rosto constantemente e abre e fecha a boca mesmo sem ter nada dentro.

Quando eu falo com ela, tudo o que ela responde é – Hein? – mesmo quando eu pergunto de novo.

Chester sempre me traz comida pronta e Cap'n Crunch da loja de comida na cidade, pela qual ele passa na volta para casa. Ele me acorda quatro ou cinco da manhã, acende os carvões e coloca minha bandejinha de alumínio sobre eles. Em uns trinta minutos fica pronto, então eu posso me empanturrar enquanto assisto desenhos animados. Como o cereal depois.

Minha mãe mantém distância do forno; é meu. Ela mantém distância do carvão. Quando eu preciso de mais, peço a Chester e ele traz mais do porão, onde parece haver um suprimento infinito.

CARVÃO

– Aqui há um pouco de carvão – ele cochicha, longe da minha mãe, e joga no forno de ferro preto, com seus olhos vermelhos se mexendo bem rápido, como os de um esquilo.

Quando Chester não está no porão, ele caminha, como minha mãe. A sombra de seu longo corpo, curvado pelo peso de sua cabeça e ombros, passa como uma nuvem negra sobre os rostos sorridentes de modelos de revista e carros de corrida colados como papel de parede por algum inquilino antigo.

Gosto de ver as sombras que suas mãos sempre ocupadas fazem. Dragões de seis cabeças, ursos ferozes, camelos com várias corcovas, todos destruindo as felizes famílias de catálogo. Para frente e para trás, suas mãos vazias fatiam e mutilam.

Eu espero o mais pacientemente que posso até que ele desapareça novamente no porão, então tiro meu lápis vermelho, que guardo no bolso de trás da calça. Eu cuspo nos meus dedos e os esfrego juntinhos. Esfrego a ponta do lápis entre eles. Eu viro o lápis até que ele começa a soltar tinta vermelha no meu cuspe. Eu vou para a parede, até a moça loira sorrindo para seu filho ruivinho e sardento que a cauda do dragão voador do Chester cortou na boca. Com o lápis úmido, eu desenho sangue em seus lábios, escorrendo até o queixo. Cuspo nos meus dedos, sangro mais o lápis e continuo a jogar sangue no rosto dela e no do seu filho, espirrando nos olhos dele. Eu olho o dragão de Chester com cuidado. Tenho certeza de que foi tudo o que aconteceu com ela, apesar de que, para ter certeza, eu mutilo seu braço, aquele que está em volta do menino, mas só faço sangrar um pouquinho, no caso de eu estar enganado. Eles estão cercados de carros de corrida branco-e-preto e, apesar de saber que algum dano foi causado, no mínimo um pára-brisa quebrado voando no rosto dos passageiros, eu seguro meu direito de fazê-los sangrar. Eu mantenho minha piedade e meu auto controle.

Dou um passo atrás para ver a mulher e o filho sangrando. Está perfeito, exceto pelo toque final, que eu sempre faço. Eu não lambo o lápis para isso; se estiver úmido demais, não funciona. Em volta dos olhos deles, eu faço círculos vermelhos.

Acordo no banco de trás, minha barriga revirando cacos de vidro. Antes de levantar a cabeça, sinto o cheiro de vômito. Tiro meu rosto do banco. Minha bochecha grudada no vinil com baba. O pára-brisa e o painel ainda estão cobertos de um líquido gosmento. Minha mãe não está no carro, mas eu a chamo mesmo assim. Sinto minha barriga pulsando e empurro a porta, que de repente parece mais pesada do que nunca. Eu cuspo um líquido azedo. Com os braços em volta do estômago, eu olho em volta. Ainda estamos no estacionamento vazio, o céu começa a clarear e a pintar o concreto branco de um rosa cor de veias, que se ergue sobre o asfalto negro. Uma luz de dentro do Burger King fechado pisca, fazendo trepidar suas janelas coloridas. A caçamba de lixo continua aberta, com sua pequena tampa de metal como uma escotilha para o submundo. Eu cruzo o estacionamento curvado, andando como um bêbado para o lixo onde estive dentro, o cheiro oleoso dele me faz perder o fôlego. Eu cubro meu nariz e fecho o lixo, apagando minha entrada.

A luz fluorescente da rua se desliga com um zumbido alto que me faz saltar. Eu volto para o carro evitando as poças de vômito que cercam o lado do passageiro como um fosso. Enquanto eu passo para o banco traseiro, deixando a porta aberta, um carro verde grande com os faróis ligados entra no estacionamento. Eu me sento e o vejo chegar perto, meu coração bate forte. Ele pára perto da caçamba. Eu me esforço para ver minha mãe vindo com ajuda, com alguém, talvez meu avô; mesmo que ele estivesse furioso, ele saberia o que fazer. Ele sabe como perfurar e trazer para fora a alma pura do meio de tentações e conflitos do pecado, especialmente quando é o mau do carvão negro.

Eu vejo um homem, sozinho, saindo do carro, batendo a porta, chacoalha chaves fora do Burger King e entra. Ele não está com ela. Meu estômago reage e eu vomito um pouco de saliva.

CARVÃO

Estou com sede, tanta sede. Estou congelado e preciso de mais antídoto. Eu não tomei o suficiente para contrabalançar a comida envenenada. Preciso melhorar para poder limpar o carro antes que ela volte, mas aposto que ela está num bar, tentando achar um substituto para o Chester, alguém que seja bom em limpar carros.

Eu passo para o banco da frente. Minha barriga escorregando sob minha camiseta molhada. Subo no banco dela, tentando vomitar novamente. Um zumbido alto toca nos meus ouvidos e meus olhos lacrimejam. Eu coloco meus dedos nas barras de metal embaixo do assento dela, procurando o antídoto. Meus dedos tocam o plástico e eu afundo ainda mais a mão, até pegar a garrafa. Sento-me em seu banco segurando a garrafa, vendo as luzes piscarem no Burger King. Outro carro pára e mais gente entra. Nenhuma delas é minha mãe. Eu desenrosco a tampa. Pássaros cantando competem com o zumbido agudo nos meus ouvidos e tudo parece uma base de guitarra.

O cheiro do antídoto me faz engasgar. Vou limpar o carro. Vou pegar papéis e guardanapos no Burger King. Vou dizer a eles que minha irmãzinha ficou doente, vou dizer a eles que sou uma garotinha, vou ser bonita, vou fingir que não sei nada sobre a vinda do mal do carvão para destruir o mundo.

Fecho meus olhos e bebo o Ipecac.

Finalmente acontece numa manhã, depois de meses tentando abrir o cadeado. Minha mãe e Chester saem gritando um com o outro sobre dinheiro, sobre uma entrega, sobre cinzeiros. Bem, não é assim que eles chamam, mas eu descobri o que eles fazem lá embaixo. Eles fazem cinzeiros. Cinzeiros especiais. Igual àquele no estúdio do meu avô, uma pequena tigela redonda de cristal, com pequenas fendas, como regatos feitos pela chuva. Vez ou outra, havia uma leve poeira cinza no fundo, mas nunca cheiro de cigarro. Tabaco, ele sempre disse, era um pecado, uma ferramenta de Satã.

Então, minha mãe, Chester e seus amigos escondem suas criações pecaminosas, mas eu escuto suas brigas e as palavras jogadas: fumar e cristal.

Chester me deu um cinzeiro de vidro para eu usar como tigela de cereal quando a minha desapareceu no porão e voltou escurecida e rachada. Eu sei que eles tentaram usá-la para o cristal, eu ouvi Chester dizer que o cristal precisa de água e minha mãe carregou a tigela para fora, escutei ela bombear água e descer a escada rangente. Acho que o cinzeiro que eu ganhei era um dos mais chiques, mais atraentes. Provavelmente era "a merda da concorrência". Quando Chester caminha e faz sombras de monstros marinhos e metralhadoras ele também murmura algo sobre "a merda da concorrência".

– O cristal de ninguém é melhor do que o meu! – ele grita.

Antes de encher meu cinzeiro com Cap'n Crunch, eu cuspo nele para que ele ouça. – Porra de cristal! – Às vezes isso o faz rir.

Eles estão bem apressados, não fecham nem a porta da frente. Eu escuto o carro indo embora pela rua de terra e corro para o porão. Lá está, o cadeado aberto, a porta encostada, mas não trancada.

A porta de madeira preta range quando eu empurro. Mesmo sabendo o que há lá embaixo, quero ver com meus próprios olhos as fileiras arco-íris de cristais coloridos, os containers do pecado que meu avô proibia, mas também possuía. Os cinzeiros de cristal fabricados em segredo, apesar do terrível perigo.

A escuridão me ofusca, é um cheiro acre, terrível, queima meu nariz. Eu corro para cima e pego a lanterna, voltando para a escuridão. Ilumino com a lanterna. Bulbos de lâmpadas pendem de vigas de madeira, com fios passando por elas como uma rodovia. Um interruptor está ao lado da porta. Antes que eu possa pensar, eu acendo. O porão se ilumina. Meu queixo cai com a eletricidade que diziam que a gente não tinha no andar de cima, apesar de eu nunca ter tentado, porque não havia luz para acender, nenhuma tomada, nem mesmo para minha TV. Não há nenhum forno de verdade ou geladeira; uma lanterna que Chester me deu é minha única proteção para espantar fantasmas famintos de noite. Eu mantenho a lanterna ligada dentro do porão. Eu passeio com a luz por mesas, bicos de gás, louças, tubos, frascos, containers, escalas, sacos plásticos e giletes. Mesmo sendo incrivelmente claro, eu inspeciono tudo com a lanterna; às vezes as coisas podem se esconder quando estão muito expostas.

Há um colchão velho e descoberto num canto, com cobertores e travesseiros. Um pouco além, há uma geladeira da minha altura. Vou até ela e passo a mão em sua porta arredondada. Coloco meu ouvido nela para ouvir uma respiração ou um coração batendo. Tudo o que escuto é o zumbido da eletricidade. Ela tem um puxador de metal e eu puxo com força; abrindo a porta pesada. Está escuro dentro, sem luz de geladeira. Eu ilumino seu conteúdo com a lanterna: vários recipientes de plástico e cerveja. Eu abro o freezer, que está quase trancado com gelo. Dentro, sobre uma prateleira cheia de gelo, há mais recipientes plásticos e uma pilha da comida congelada que Chester sempre traz para mim. Eu fecho o freezer e a geladeira. – Não temos geladeira – ele sempre me diz, então não posso comprar nada que estrague, mas ele tem sido bem legal de me trazer todo dia minha comida pronta.

– Mentiroso. – Cuspo na geladeira. Coloco a lanterna no meu cinto e continuo andando. Mas não há cinzeiros nem nada de cristal, apenas troços borbulhando e soltando vapores. Provavelmente eles levaram todos os cinzeiros para vender.

Num canto, há uma pilha coberta por estopa. Sei que é o carvão. Os carvões no meu forno já viraram quase todos cinzas e eu odeio pedir mais para o Chester, porque é um grande segredo e ele tem de pegar escondido da minha mãe. Eu vou até a coberta tipo saco de batata e a levanto da pilha. Eu pulo quando uma enorme aranha corre para o meio do carvão, para longe de mim.

Olhar para o monte de carvão faz meu coração acelerar. Eu mesmo nunca toquei o carvão; Chester é que coloca no forno. Ele geralmente acende, apesar de ter me ensinado como usar os jornais amassados. Mas eu sempre espero que ele faça. Se eu fico olhando demais para aqueles olhos vermelhos brilhando no coração negro do carvão, ele começa a falar comigo, me hipnotizar, como minha mãe disse que faria.

Uma vez, queimei feio minha mão porque o carvão queria que eu o tocasse. Eu contei para minha mãe dos seus pensamentos malignos. Ela segurou minha mão, pressionando-a sobre o forno quente, até que eu gritei:

– O carvão tem de ser alimentado – ela disse. Essa foi minha lição. Nunca mais eu o encarei.

Mas sem fogo ele não é mau realmente, acho. Sem fogo ele não parece vivo e eu não sinto medo. Eu pego alguns carvãos do ladinho, mas decido que é melhor que eu pegue mais e os esconda embaixo da casa, para não precisar pedir por eles. Chester nem vai perceber. Ele sempre diz – Droga, eu te dei carvão ontem mesmo. Você está comendo o troço? – Eu começo a encher meus bolsos. Eu os retiro da pilha, pego os que caem ao lado, encho meu jeans. Pego um bem grande e outra aranha salta, como se tivesse sido jogada em mim. Eu grito e arremesso o carvão na pilha. Ele acerta o canto, fazendo deslizar uma pequena avalanche. A aranha corre pelo meu Keds para baixo de uma nova pilha no chão.

– Jesus Cristo – eu suspiro. A porta da escada range atrás de mim e eu me viro, mas está vazia, apenas com o sol escorregando através dela, dissolvendo-se na claridade intensa do porão.

Há carvão por todo o chão de concreto. Eu quero subir as escadas e me esconder na minha cama, com cobertores cobrindo a cabeça. Eu dou um passo atrás em direção à porta e sinto um pedaço de carvão se esmigalhar sob meus pés. Eu vejo uma chama azul de um bico de gás na mesa e então para o carvão.

CARVÃO

– A chama não pode pular. – Eu falo para mim mesmo e para o carvão. – Não vou te alimentar. – Eu digo e chuto um pedaço. – Você não vai me pegar.

Limpo o suor das minhas mãos na minha camiseta, manchando-a de preto.

– Maldição! – Chuto alguns pedaços; eles batem na pilha, causando mais deslizamentos. – Porra... Ok... vou te pegar... – Eu engulo forte, me abaixo e começo a coletar o carvão derramado. Imagino como vou torturar as peças encardidas de carvão. Vou esmagá-las com pedras atrás da casa, fazê-las sangrar com meu lápis vermelho, afogá-las na água, para que nunca tenham esperança de queimar. Eu sorrio, mordendo meu lábio inferior, enquanto decido quais pedaços serão colocados de volta e quais serão condenados à morte. Tiro minha camiseta, coloco-a no chão e jogo os carvões condenados nela. Seguro um bebê carvão sobre meu rosto, no porão de cheiro azedo. – Você vai morrer – digo a ele. Eu me preparo para esmagá-lo, mas paro e pego um carvão adulto que estava ao lado do pequeno.

– Veja, é sua mamãe. – Eu a balanço na minha mão esquerda, provocando o bebê na direita. – Quer sua mamãe, não quer? – Eu cuspo no bebê carvão e esfrego seu rosto sujo com meu dedo. – Oh, veja, o bebê chorão... acha que vai conseguir o que quer chorando?

Eu aproximo a minha mão, balanço a cabeça e sorrio para o rosto do bebê. – Se você não tivesse chorado, eu teria colocado sua mãe de volta, mas você foi um bebê, então olhe o que acontece.

Seguro a mãe perto do bebê. Ela tenta gritar por socorro, mas minha mão está cobrindo sua boca, além disso, sem fogo ou sem meu avô, ninguém da família dela pode fazer coisa alguma.

Eu cuspo nela.

– Viu? – Digo ao bebê. – Você até fez sua mãe chorar. Agora ela será punida. – Eu a levanto atrás da minha cabeça, como se eu estivesse fazendo um arremesso, e a jogo de encontro à parede de tijolos perto da pilha de carvão. Ela se quebra ao meio. Eu corro até ela, pego seus pedaços, tiro meu lápis do bolso traseiro, puxo catarro e cuspo nela. Eu aperto a ponta do lápis na gosma úmida em seu corpo. Mordo meu lábio num sorriso entusiasmado, enquanto seguro o bebê sobre o corpo partido dela.

– Viu! – eu grito. – E a culpa é toda sua! – Eu o balanço com força e guardo meu lápis de volta no bolso. – O quê? – pergunto, levando-o à minha orelha. – Quer ir pra casa? – Eu olho para o bebê e o acaricio gentilmente. – Hummmm... ok, bebê, você pode ir pra casa, tudo bem. – Eu bato na sua cabecinha. Eu o levo até a pilha e o seguro sobre ela. – Uh-oh. – Eu me viro para o carvão bebê, sacudindo a minha mão. – Escute só – eu o trago mais perto. – Eles não querem você. – Eu coloco minha mão na minha orelha, como eles fazem nos desenhos, para ouvir.

– Eles dizem que você matou sua mãe, então não querem você. – Eu o seguro sobre a pilha, para que ele possa implorar e chorar para eles. Finalmente, eu o puxo de volta. – Agora, tudo o que você tem sou eu... não se preocupe, não vou te matar... só se você for mau. – Eu acaricio sua cabeça, juntando sua fuligem preta sob minhas unhas.

E de repente o choro do bebê carvão é afogado pelo fraco ruído de uma moto vindo em direção à casa. Eu congelo, minhas pernas ficam como pilares de concreto presas na fundação. Eu escuto a pequena explosão de um escapamento; é o Buddy em sua Harley. Chester me convenceu de que Buddy é um gigante; sua cabeça raspa no teto da nossa capa, e ele tem de se abaixar para passar pela porta.

– Um dia, Buddy vai crescer até o telhado, Chester disse e riu, apontando para ele.

– Não vou crescer até o telhado – Buddy diz do seu jeito lerdo, com seu rosto coberto de verrugas se comprimindo como um limão enquanto ele anda até mim com suas pesadas botas de couro, fazendo o chão vibrar a cada passo, e ele se senta com um estrondo.

CARVÃO

Mesmo ele sendo um gigante, e eu sabendo que seus pés um dia serão grandes o suficiente para esmagar nossa casa inteira, eu não tenho medo dele. Diferentemente dos outros, ele não desce até o porão para brincar com o cristal deles. Ele sempre se senta ao meu lado e assiste desenhos. Geralmente traz uma caixa de Fiddle Faddle, escondida como uma caixa de sapato amassada, sob sua camiseta apertada demais, que sempre sobe, mostrando sua barriga peluda, com fios brancos entre o emaranhado preto.

– O que tem aí, Buddy? – Eu perguntava, sem tirar os olhos do desenho.

– Eu? Não tenho nada. – Ele balançava sua grande cabeça para frente e para trás.

– Nada, hein? – Sem olhar para ele, eu me esticava de lado e batia no retângulo em sua barriga.

– Toc-toc – eu dizia rindo, ainda vendo TV.

– Quem é?

– É o Fiddle.

– Fiddle? Fiddle do quê? – Ele guinchava como um porquinho e eu pulava de pé rapidamente à sua frente, pegava sua camiseta e a puxava para cima, mostrando a caixa de milho caramelado enfiada na frente de sua barriga.

– Fiddle Faddle, todo meu! – Eu gritava, pegava a caixa da sua barriga e começava a correr. Ele sempre pegava uma alça de cinto da minha calça e me segurava enquanto eu tentava escapar.

– Você parece o Papa-léguas correndo no ar, sem sair do lugar – ele dizia, rindo.

– Vou comer tudinho – eu provocava e ria, rasgando a caixa e o plástico dentro e jogando punhados de Fiddle Faddle na minha boca, enquanto ele me puxava para trás e eu puxava para frente.

Ficávamos nessa até que Chester ou alguém dizia para a gente calar a boca e para Buddy levar seu traseiro lento para o andar de baixo. Ou então só nos distraíamos com o desenho, os Smurfs em perigo, e lentamente ele me soltava. Eu sentava mais ou menos no seu colo e nós assistíamos TV em silêncio, enchendo a boca daquele milho açucarado.

Posso dizer pela explosão que é Buddy na sua moto velha e barulhenta. Eu queria ser um índio para colocar o ouvido no solo e poder dizer pelo som se ele trazia alguém na garupa. Outro ruído forte ecoa escada abaixo. Meu corpo se mexe automaticamente e eu jogo punhados de carvão na pilha, mas parece causar apenas mais deslizamentos. Agora o carvão está tendo sua vingança contra mim. Posso ouvir sua gargalhada sombria. Eu me abaixo para tirar o máximo do chão e colocar na minha camiseta. O ronco da moto cerca a casa e eu engatinho para baixo da mesa, juntando o carvão, tentando escapar.

– Fodam-se, fodam-se, fodam-se – digo a eles enquanto os coloco na minha camiseta.

Mas, de repente, percebo que, além do meu ofegar, há silêncio novamente, nenhum motor, nada. De quatro no chão, eu silencio meu fôlego. Talvez não fosse Buddy, só um aventureiro passando pelas rampas e pontes ao lado da casa.

Eu me esforço para ouvir. Volto minha cabeça para a escada, apenas luzes empoeiradas e partículas virando como num liquidificador em câmera lenta. Olho de volta para o carvão espalhado ao meu redor e lá, olhando para mim, está a mãe, quebrada e sangrando.

Os passos na entrada são pesados e parece que quase afundam no chão. Então, há outros na porta da frente e a porta de tela rangendo aberta me faz virar a cabeça para a escada como um coelho, paralizado pelo som de seu caçador se aproximando.

Posso sentir no meu peito a bota pisando firme pela casa. Não posso dizer se há outro passo mais suave junto. Olho para o teto do porão e vejo o movimento das placas de madeira enquanto Buddy anda pela sala, em direção à minha TV.

– Ei, onde você está? – Buddy chama. Vejo o teto afundar na sala sobre mim.

CARVÃO

– Está escondido? – Só vejo os passos dele, de ninguém mais. Lentamente, eu fico de pé.

– Está sozinho, Buddy? – Eu chamo, minha voz vacilando.

– Onde você está? Pára de esconder. – Ele pisa na cozinha, perto da porta do porão.

Pego minha camiseta com carvão, transformo-a numa trouxa e a levo para o andar de cima.

– Estou aqui embaixo, Buddy.

– Onde? – Sua voz está mais alta e seus passos logo à frente.

Eu ando até a luz e aperto os olhos pela claridade. No topo da escada, sua enorme silhueta aparece, bloqueando o sol, como uma gigantesca seqüóia.

– Aqui embaixo, Buddy – digo suavemente. Escuto seus passos pesados enquanto ele desce os degraus que rangem. Ele pára e se agacha na porta, olhando para mim, seus grandes lábios rosas abertos.

– Você não devia estar aqui embaixo, acho que não. – Ele engole forte e sua boca se abre novamente.

– Eu precisava de carvão, Buddy, tinha acabado. – Levanto meu rosto para ver o dele.

– Chester vai ficar louco com você.

– Ele não está com você, certo? – Eu me apóio na escada.

– Não, mas tá vindo. Você não deveria mesmo estar aqui. Arrombou?

– A porta ficou aberta, Buddy. Eu não tenho nenhum superpoder. – Sua barriga se levanta num grande suspiro. A caixa retangular enfiada embaixo de sua camiseta chacoalha toda vez que ele respira.

– Ele vai te surrar pra valer – balança a cabeça, fazendo a poeira em volta dele girar como um ciclone.

– Não precisamos contar, Buddy, podemos apenas assistir nossos desenhos e não dizer nada. Se você contar, ele vai pegar minha TV

---

[2] Jiffy Pop: recipiente de papel alumínio com milho no interior para ser colocado sobre o fogo e fazer pipoca.

e não vamos mais poder assistir a nada. – Buddy olha para mim por um tempo, então gira seus olhos gigantes de um lado para o outro e resmunga:

– Chester vai descobrir.

– Por favor, Buddy, ele não vai. Juro. Buddy, eu não fiz nada, apenas peguei carvão. Eu ia fazer Jiffy Pop[2] pra gente.

– Você nem tem! – A cabeça dele sacode com força.

– Olhe na geladeira ali. – Eu aponto para a geladeira atrás de mim. – Eu juro, Buddy, eu ia, mas não tinha carvão e queria fazer uma surpresa pra você, então a culpa é sua de eu estar aqui!

Ele esfrega o rosto.

– Pra valer? – Ele testa seu peso.

– Cheque e veja e me pregue na parede como um mentiroso se não for verdade, Buddy. – Eu aceno para ele e ele me segue no porão, até a geladeira, sua cabeça bate nos bulbos pendentes das lâmpadas.

– Por que o carvão está todo espalhado?

– Caiu quando eu peguei um pouco. – Eu me inclino e pego um punhado. – Buddy, o Chester está vindo agora? – Eu pergunto, tentando manter minha voz calma.

– Disse que ia se encontrar comigo aqui. – Ele abre a geladeira e olha dentro. Ele se vira. – O Jiffy Pop está aqui! – ele quase grita.

– Viu, te disse!

– É, você disse.

– Não minto pra você, Buddy.

– Não, não, não mente mesmo. – Ele sorri largo.

– Mas se eu apanhar, não vamos poder fazer Jiffy Pop, Buddy.

– Não? – Seu sorriso desaparece.

– Não, Buddy, nem desenhos. – Eu sacudo minha cabeça e fico escutando em silêncio se o carro do Chester chega.

Ele bate o pé no concreto.

– Quero ver TV com você.

– Bem, Buddy, você pode arrumar isso pra mim.

– O Jiffy Pop? – Ele se vira para a geladeira aberta para pegá-lo.

– Não, não, Buddy! – Eu pego a porta da geladeira e a fecho. – Se você puder limpar o carvão, diga que você esteve aqui.

– Eu não tenho a chave. – Ele dá de ombros e sua sombra parece com montanhas gigantes colidindo.

– Diga a Chester que estava aberto, ele não vai bater em você, Buddy.

– Mas isso é mentir. – Ele sacode a cabeça.

– Buddy, não é mentir porque você está aqui agora, certo? – Ele acena. – E eu vim até aqui para estourar pipoca só pra você, certo? – Ele acena novamente. – Então tudo o que você tem de fazer é não contar a parte de eu ter estado aqui também, e isso não é parte de nenhuma mentira.

Buddy pensa por um minuto, depois ri bem alto.

– Você é bem esperto – ele diz e bate nas minhas costas com sua mão enorme.

– Você também, Buddy. – Eu rio para ele e bato na caixa que ainda está sob sua camiseta. – Quando você terminar, vamos comer tudinho, ok?

– Ok – ele acena rapidamente.

– Então, eu nunca estive aqui, não importa o que Chester ou minha mãe digam.

– Ok, está certo – ele acena ainda mais rápido.

– Ok, é melhor que eu suba, só coloque o carvão de volta. – Eu aponto para a pilha. – Vou levar estes para que nunca falte para nós. – Eu aponto para a minha trouxa de camiseta. – Tchau, Buddy. – Levanto a trouxa no meu peito nu e começo a subir as escadas.

– Até daqui a pouco.

Eu olho por cima do ombro e o vejo pegando um carvão de cada vez e colocando gentilmente na pilha. Eu corro pelas escadas com minha trouxa e a escondo embaixo da casa, bem quando minha mãe e Chester chegam.

Ligo a TV, mas deixo o som desligado para ouvir os gritos do Chester.

– Por que Buddy está aqui embaixo? – E minha mãe grita por causa do carvão todo espalhado. Finalmente Chester grita com minha mãe para calar a boca por causa do carvão, o que só a faz gritar mais alto. Buddy vem se arrastando e finalmente senta-se ao meu lado para ver TV sem som. Silenciosamente, ele tira o Fiddle Faddle, abre e passa a caixa para mim. Está molhada do suor da sua barriga. Eu enfio a mão em silêncio, como e escuto minha mãe soltar um grito terrível.

– O carvão está sangrando! Está sangrando!

Eu giro o botão do volume e desligo a minha mãe.

O vômito retorna com uma força inacreditável, como um tique facial que nunca pára. Meu corpo todo se contrai e se lança, como se cada membro e órgão tentasse se destruir e nascer novamente através do meu estômago, garganta e boca. Nada sai, apenas cuspe. Eu me vejo como um nadador que só pode se virar rapidamente para respirar, e eu tento respirar entre vômitos, mas meu pânico crescente e o frio tornam tudo impossível.

Eu me sento no banco do motorista, mexendo na direção, vomitando no meu peito e entre minhas pernas. Levanto o rosto entre soluços e a vejo entrando no Burger King. O cabelo tingido de preto da minha mãe está jogado todo na cara, quase refletindo um arco-íris na luz da manhã. A capa de chuva preta metálica está presa bem justa nela, e suas botas de couro, sem meias, quase caem a cada passo.

É ela. Eu abro a porta do carro e corro, meu estômago subindo até a garganta. Eu empurro as portas de vidro do Burger King e corro à meia velocidade, passando por crianças com coroas de papelão, olhando para seus pais enquanto corro para a mulher de preto no caixa. Eu a vejo pedir duas rabanadas.

CARVÃO

– É veneno! É veneno! – Grito em minha ânsia. Eu pego sua capa. De repente, não é mais preta na luz fluorescente e eu caio no chão de ladrilhos, enquanto sua capa sai dos seus ombros.

Um rosto que não reconheço ocupa o que deveria ser o rosto da minha mãe acima, comigo pedindo socorro. Ela se ajoelha e coloca a capa sobre minha cabeça. Eu estico a mão e bato nela várias vezes, como se estivesse batendo numa TV para fazer a imagem parar de pular, para fazer com que o rosto dela pare de mudar. Alguém pega minha mão e a segura. Rostos giram ao meu redor e eu mergulho no conforto do nada.

Chester nunca descobriu que eu entrei no porão; Buddy disse que pegou o carvão para mim e por isso é que estava espalhado pelo chão.

Minha mãe nunca levou numa boa ter aquela pilha grande lá embaixo, para começar. Veio com a casa. Enquanto a pilha ficasse coberta e em seu lugar, bem, ela poderia ignorá-la; mas a pilha havia se mexido e até sangrado. Ninguém pode explicar essa. Chester disse que ela estava vendo coisas, truque da luz, mas minha mãe sabia. Ela viu um pedaço sair com sangue de seu maldito coração.

Ela sabe e eu sei. Haverá vingança. Mesmo que Chester e todo mundo, até Buddy, tenham se livrado do carvão no porão, a mancha preta da memória ficou lá no concreto. Mesmo esfregando com água sanitária, o que minha mãe obrigou Chester a fazer, não conseguiram removê-la.

Minha mãe raramente desce para o porão. Ela caminha e fuma, com movimentos bruscos, como uma marionete, conversando rápido consigo mesma. Chester freqüentemente dá a ela vitaminas especiais para acalmar sua mente.

Ela fez Chester levar o forno. Eu me sinto aliviado e continuo ensaiando para jogar fora minha pequena pilha de carvão sob a casa. Ficou na minha cabeça, o carvão esperando por mim, planejando como me queimar vivo. Eu mantenho o bebê carvão, cuja mãe eu matei; eu o mantenho comigo o tempo todo no meu bolso de trás, como um hóspede.

Eu salto quando uma grande explosão vem lá de baixo, mas não posso dizer que estou surpreso. Eu e minha mãe estivemos esperando por algo. E aconteceu como sabíamos que iria acontecer, sem sabermos que sabíamos. Ela fica na cozinha, ao lado das escadas do porão.Eu ando até a cozinha para ajudá-la a abrir uma cerveja, suas mãos tremem demais.

– É o cristal – ela diz e ri bem alto. Eu pergunto a ela por que cinzeiros fazem isso, mas ela apenas diz – hein?

De certa forma, fico feliz que finalmente tenha vindo. Ultimamente, eu a via me olhando sobre uma nuvem de fumaça azeda, olhando para mim enquanto andava; eu diminuía o som da TV, mas ela nunca disse nada, apenas me olhava, quase sem piscar. Ela pedia para eu fazer coisas como trazer a ela uma garrafa de vinho do armário, enquanto ela se sentava lá fora no balanço feito com um pneu. Quando eu fazia algo errado, como derrubar a garrafa, espalhando cacos pelo chão, ela não dizia nada, não fazia nada, nem contava ao Chester. Eu pego um pedaço de vidro da garrafa verde quebrada e o passo levemente sobre minha barriga, até que sangre, apenas para manter tudo em equilíbrio.

Quando ela gritava e batia, era no Chester, não em mim. Ela tirava seus sapatos e jogava nele e o chamava de "idiota cuzão" porque ele não pegou o suficiente para o cristal deles. Ele cobria a cabeça e descia para o porão. Ela não ameaçava partir, entretanto. Ela nunca disse – foda-se, já deu. – E ela ia à cidade cada vez menos. Ela ficava em casa comigo, andando ou balançando no pneu, pensando em voz alta coisas que eu não conseguia entender. E esperava.

E eu, como ela, comecei a comer só Pringles, beber só Canada Dry. Quando Buddy tirava as caixas de sua camiseta, eu balançava a cabeça dizendo que não, até que ele parou de trazer. Minha mãe e eu víamos Chester e os outros levarem seus hambúrgueres para

baixo, tentando esconder os sacos dos olhos afiados da minha mãe.
– Veneno – ela vaiava.

Ficamos quase de frente um para o outro, a dez passos de cada lado das escadas do porão, enquanto ele explode. O chão abaixo de nós salta e range como uma cachoeira. É seguido de um estouro sincronizado, como fogos de artifício. E é Buddy que sai primeiro, com fogo em toda sua roupa, como algum truque de circo. Então, outro cara que eu nem conheço, em chamas como Buddy, gritando, sai seguindo-o para fora da casa.

Eu olho para minha mãe lentamente, deliberadamente sorrindo, e compreendo. Ela olha para mim enquanto mais vidro e miniexplosões quebram abaixo de nós. Uma grande labareda escapa do porão à nossa frente. Eu sigo minha mãe porta afora.

O homem que eu não conheço rola na terra amarela, gritando por socorro. Eu não vejo Buddy. Minha mãe anda para o carro que era nosso depois se tornou do Chester. Ele consertou o Toyota Tercel, um carro usado que o vendedor deu para minha mãe, transformou-o numa máquina japonesa envenenada, pronta para despistar qualquer xerife. Ele até pintou de vermelho-demônio, sua cor favorita.

Ela entra e abre o lado do passageiro para mim. Enquanto eu entro, outro homem sai cambaleando. Eu bato e tranco a porta do carro. Ele corre em círculos, com chamas saindo como grama de seus braços, costas e pernas. Minha mãe liga o carro. Outra pequena explosão, que faz o carro sacudir, quebra as janelas do primeiro andar; pequenas chamas vermelhas dançam dentro.

O homem se debate com força, como se um enxame de abelhas estivesse atacando-o. Minha mãe dá marcha ré e o homem de repente se vira e avança em nossa direção. Sua pele é de uma cor enferrujada, descascando como folhas no outono. Seus olhos azuis espreitam abertos demais em seu rosto enegrecido; suas pálpebras parecem ter derretido.

Ele sacode seus braços, nos seguindo enquanto aceleramos de ré. As rodas giram na terra e o carro vai para frente, quase atropelando-o quando subimos na calçada e passamos por ele. Eu o vejo tentando correr atrás do carro. Não preciso dizer a ele que não é mais o carro dele e da minha mãe. É o carro da minha mãe e meu novamente, como deve ser. Eu me viro no meu banco e vejo Chester desistir de seguir nosso Toyota vermelho-demônio. Apenas fica parando, uivando.

Primeiro, achei que era a voz da minha mãe flutuando no ar ao meu redor.

.– Ele finalmente está voltando a si. – Eu me esforço para abrir os olhos e encontrá-la, mas as luzes brilhantes só formam uma aura borrada da mulher aos pés da minha cama. Eu abro a boca para falar, mas minha garganta está inchada e dolorida.

– Fique apenas deitado – ela diz, soando um pouco como minha mãe, um pouco diferente. – Você bebe veneno e depois quer ficar saindo da cama. – Sua língua cacareja. Uma outra mulher com uma voz calmante se abaixa perto de mim.

– Você está no hospital – ela diz. – Há uma sonda intravenosa no seu braço e um pequeno tubo no seu nariz para ajudar você a respirar. Apenas relaxe e deixe como está. – Suas mãos descansam na minha testa. – Ok, docinho? – Eu aceno, minha cabeça está morta e estranha no meu pescoço.

– Sua avó está aqui – ela diz, batendo na minha cabeça suavemente.

– Mamãe? – eu sussurro rouco.

– Está no mesmo hospital que você. Adequado, né? Não faz nem seis meses que saiu daqui... – Eu viro a cabeça para ver minha avó voltar-se à enfermeira. A enfermeira tira a mão da minha cabeça e se vira para minha avó. – Não se passou nem seis meses e ele acaba quase morto aqui e ela quase louca no manicômio.

Eu abaixo a cabeça e passo a língua sobre meus lábios ressecados. De repente sinto muita sede.

CARVÃO

– Eles a pegaram no cruzamento do Memorial, completamente louca e pelada, pregando o juízo final. – Eu escuto a enfermeira fazendo sons de – hummmm, hummmm, hummmm.

– Bem, ela não aprendeu essa falsa pregação com o pai dela, com certeza.

– Nunca se sabe – a enfermeira diz e eu apago sob o ruído das máquinas que zumbem como rezas.

Dirigimos em silêncios. Não dizemos nada, como se nada tivesse acontecido – parece que nunca aconteceu. Passamos por Buddy no caminho para a cidade, não estava mais em chamas e não estava preto como Chester, mas sujo e vermelho, seu cabelo quase todo queimado. Nós nem diminuímos.

Paramos para colocar gasolina, minha mãe paga com uma pequena nota enrolada dentro do seu sutiã.

Dirigimos até uma cidade grande que eu não conheço. Eu durmo sem sonhos. Acordo com ela parando o carro fora de uma loja de roupas usadas do Exército da Salvação.

– Espere aqui – ela diz seca. E quando sai – mantenha as janelas fechadas e seus pensamentos puros. – Então desaparece nas portas espelhadas do Exército da Salvação.

O cheiro de traça das roupas preenche o carro quando ela volta. Eu olho no saco, todas as roupas são pretas.

– Nada para você, não tinha o seu tamanho. Vamos ter de tingir suas roupas para que o carvão não o reconheça. – Ela diz de forma monótona e segue guiando.

Paramos numa farmácia. Ela compra tintura preta para cabelo e o antídoto. Ela lê no rótulo.

– Para envenenamento acidental... antídoto– ela diz, batendo na garrafa de plástico marrom, depois joga-a embaixo do assento. Nós paramos num posto Mobil e vamos para o banheiro feminino, trancando a porta. Ela joga a solução e cobre nossa cabeça com a tintura fria. Alguém bate na porta. – Está quebrado – ela grita – Vá embora.

Ficamos sentados no chão do banheiro enquanto ela conta o tempo para nos lavarmos.

– Um Mississipi, dois Mississipi, três Mississipi, quatro...

Saímos do banheiro do Mobil deixando as pias pretas e nossos cabelos também. Ela larga sua camiseta rosa, jeans, tênis, calcinhas e sutiãs brancos no saco do Exército da Salvação, embaixo do banco do banheiro. Ela coloca a capa de chuva preta e as botas de couro.

– Agora vamos comprar suprimentos, tingir suas roupas e o carvão não nos reconhecerá. – Ela sorri e nós andamos até o carro.

– Talvez nós possamos pintá-lo de preto – ela diz, apontando para o carro.

Após alguns dias, recebo alta do hospital. Um dos pastores da igreja do meu avô me leva para casa, seu cabelo cor de pêssego está grudado firme em sua cabeça como uma touca de natação. Ele prega salmos para mim durante a longa viagem de três horas, fazendo uma parada para ligar no sermão de rádio do meu avô. – Por que seremos queimados no fogo eterno a não ser que sejamos realmente salvos – é o assunto.

Eu olho para a fita de plástico presa no meu pulso, meu nome escrito em roxo. Quando acordei, estava escrito Fulano de Tal, mas um funcionário do hospital conhecia meu avô, me reconheceu dos cultos religiosos, então me tornei outro eu novamente, meu cabelo com gel, penteado para trás, partido ao meu, usando calças azuis, uma camisa de botões branca e um blazer.

Antes de sairmos do carro para ir ao Piggly Wiggly pegar nossos suprimentos de tintura para roupas, a Canada Dry e as Pringles, a única comida não envenenada pela praga negra, eu enfio a mão no bolso e pego o bebê carvão em minha palma suada.

CARVÃO

Eu o coloco sobre o painel em frente à minha mãe. Ela não diz nada por um longo tempo, apenas olha. Eu quero confessar sobre o carvão embaixo da casa, como era minha culpa, mas tudo o que eu posso dizer é – É o bebê – e ela assente e o coloca na mão. Seus olhos se fecham mas tremem. Ela o pressiona no seu peito e o coloca no bolso, sem tirar a mão.

– Obrigada – ela diz num sussurro.

Eu fico de pé no estúdio cheio de antiguidades do meu avô, como num sonho, me lembrando dos cheiros da cera e do pão assado, o som de sapatos batendo na madeira, relógios contando os segundos e as fileiras de Bíblias encadernadas e cintos de couro em cabides.

Eu escuto para saber se ele está chegando, e na falta de seus passos, ando devagar pelo chão de madeira até o pequeno forno de carvão, sua abertura parece com grades de prisão ou dentes enegrecidos. Sua boca acenderá por trás, um demônio brilhante quando aceso.

Eu coloco minha mão com cuidado no forno de carvão, como eu fiz quando estava quente; a mão de minha mãe cobriu a minha, apertando para baixo.

No carro, ela se vira para mim e fala solenemente, com o cabelo penteado para trás, caído como uma palmilha de couro velha.

– Nós seremos os únicos sobreviventes. Tudo e todos serão queimados, esmagados ou envenenados.

Com o canto do olho, vejo pessoas conversando e rindo, empurrando seus carrinhos de supermercado, alheias aos seus destinos.

Quando ela me conta a história, está sempre perto do Natal, quando ela chega cedo em casa de manhã, com cheiro de cerveja, batom e cigarro. Ela acende a luz, me empurra para eu sentar e me conta o que costumava acontecer no Natal.

É um costume alemão, alemão como o avô do meu avô, como as palavras cuspidas que ele grita para minha mãe tarde da noite.

As meias ficam penduradas sobre a lareira para as dez crianças e seus sapatos vazios ficam embaixo da árvore. Na manhã de Natal, eles se enfileiram vestidinhos, entusiasmados e silenciosos no saguão, até que minha avó deixe-os entrar. Eles andam até a lareira e pelo peso de suas meias seus rostos se alegram ou entristecem.

– Eu sabia o que tinha dentro, eu ouvi meus irmãos sussurrando o que encontraram nas deles – ela fala engolindo as palavras e batendo em sua perna. – Eles já tiveram suas meias bem recheadas antes, mas eu não. Eu sempre... – Ela levanta a mão e deixa cair sobre mim. – Sempre fui uma boa menina. – Ela sacode a cabeça demais, seus cabelos balançam e grudam em seus olhos. – Eu era uma boa menina – ela sussurra.

– Todas as minhas irmãs tinham coisas deliciosas em suas meias, só eu... – Seus dedos passeiam por seu cabelo cheio de fumaça. – Todos iam para os sapatos em seguida: delícias ou uma vara, ou pior... Jason e Joseph ganharam a vara. Noah, Job e eu, assim como em nossas meias: pedaços de carvão. – Sua voz aumenta quase num grito. – Porra de carvão!

– Agora... – ela se levanta e cambaleia ao lado da minha cama. – Aprendi meus versos, meus salmos, meus capítulos, eu preguei na rua, fiz estudos bíblicos, tudo isso... – Suas mãos sacodem como se ela estivesse sacudindo um lençol.

– Minhas irmãs se encheram de bolo e contaram sua grana de dentro das meias e sapatos, enquanto Jason e Joseph foram até o reverendo receber suas surras... Eu fui também, pronta para a vingança! – Ela bate numa parede. – Eu carreguei minha meia na mão esquerda e meu sapato na direita. – Ela me mostra suas mãos vazias.

– Para que serve isso? Eu o perguntei antes mesmo que se virasse, velho da porra! – Ela insinua uma risada. – Ele não disse nada, certo? Disse para eu sair do estúdio dele imediatamente! – Sua voz imita a dele.

– Para que serve isso? Eu gritei de novo. E sabe o que, sabe o quê? – Ela bate na parede rindo. – Ele não respondeu nada, então eu coloquei tudo para fora da meia e do sapato. Joguei o carvão sobre seu chique e antigo tapete persa feio de foder. E eu pisei em cima também, esmaguei tudo no tapete! – Ela diz entre risadas.

Ela se apóia numa parede e lentamente escorrega por ela, rindo. – E sabe o que ele disse e fez? Sabe? – Ela bate no chão, com lágrimas rolando pelo rosto de tanto rir.

– Você tem o mal e o pecado em seu coração – ele disse! Ela funga e começa a engasgar.

– Você nasceu menos de um ano depois disso, então ele sabia do que estava falando. – Ela ficou lá, rindo, até cair no sono.

Algumas vezes, no entanto, ela tem uma agulha ainda enfiada em seu braço e eu a tiro, limpo com papel higiênico, e ela murmura o resto: como ele a fez catar o carvão do tapete, colocar no forno e acender. Ela ficou parada, ainda agitada, esperando as desculpas dos outros. Esperando enquanto ele batia em seus irmãos. Esperou por horas enquanto a família fazia os cultos, suas mãos fechadas em punhos, vendo o carvão vermelho queimar como sua ira, enquanto seu pai pregava na igreja. Esperou até que ele voltou, tirou seu paletó, o pendurou e o alisou. Ela levava sua surra sem chorar. E ainda perguntava o que havia feito de errado.

Ela tirou sua blusa, como ele ordenou, cobrindo com seus braços seus seios recém-formados. Ele a pegou pelo cabelo e a arrastou até o forno baixo de ferro.

Ninguém veio enquanto ela gritava por ele pressionar as costas dela na porta do forno.

Ninguém nunca perguntou sobre as linhas como barras de cadeia ou como dentes vermelhos, que ainda estão em suas costas.

– Nós podemos passar a perna nele – ela diz, olhando para os fregueses que passam. – Se ficarmos tão pretos e escondidos como o carvão, não vamos queimar. – Ela aponta para as pessoas que entram pelas portas automáticas. – Todos eles vão.

Seu rosto mostra novamente uma angústia raivosa.

– Vamos sobreviver porque conhecemos o poder e a maldade do carvão.

Ela sai e eu a sigo.

VIVA LAS VEGAS

Ao longo das montanhas desertas cor de topázio, sob montes de árvores, nosso carro cruza por um mundo à parte. Nenhuma luz de bar ou de boate penetra ou distrai, há apenas um profundo e inquebrável deserto. Então, a vida muda para se adaptar. Ela sobrevive e eu valorizo isso.

Eu me sento ao lado dela no banco da frente. Minha força oscila como se eu fosse uma constelação líquida. Sou o guardião do mapa. Meço suas veias com meu dedão. Eu me lembro dos nomes das próximas cidades, vilas e postos, como um parente procurando um nome numa lista de sobreviventes da queda de um avião.

– Tem certeza de que está certo? – ela rói seus lábios carnudos.
– Confie em mim. – Limpo minha garganta e me sento mais alto no meu banco. Não posso evitar de sentir que ela é uma lagarta se contorcendo no meu braço. Eu gosto de me sentir assim.

– Preste atenção em Tawnawachee! – digo. Ela se enclina e força a vista. Seu cabelo loiro espalha o sol das três da tarde de outubro. Ela parece tão pura olhando, que até dói.

– Me ajude aqui! – Ela se mexe no assento, olhando para mim. Eu rio.

– Você ainda não passou.

– Estou cansada dessas malditas árvores e dessas porras de montanhas! – Ela bate na direção. Eu não estou. Gosto de fingir que fugimos juntos, como Joãozinho e Maria, sozinhos num enorme bosque antigo.

– Tawnawachee... esquerda, aqui!

Ela vira bruscamente. Pneus cantam.

– Você quase me fez perder! – resmunga.

– Não fiz não. – Pisco para ela.

– Fez sim! Desgraça, preciso de uma bebida, cigarro, Valium, qualquer coisa!

Meu estômago se aperta.

– Ok, continue em frente um pouquinho. – Eu olho pela janela. As árvores estão diminuindo.

– Vegas é tão legal, vou recuperar minha grana... – Ela bate no bolso do jeans.

– Crianças podem? – Eu olho para ela.

– Oh, eu tenho minha identidade.

– Quero dizer... – minha garganta começa a apertar. Ela interrompe.

– Mal posso esperar! Está longe?

– Longe, vá mais depressa.

– Os homens morrem por jovens loiras quentes... – Um veado passa na frente do carro. Ela nem nota.

– Tenho uma sorte do diabo nas máquinas caça-níquel, juro, também, os homens são tão fáceis...

Eu fecho a janela e o ar fresco passeando por meus cabelos me faz fechar os olhos e me sentir com um estranho entusiasmo. Eu imagino pássaros voando para roubar meu mapa, como se fossem migalhas de pão, fazendo a gente se perder para sempre.

– E agora? – Ela se vira para mim com uma expressão de tamanha confiança, olhos grandes de um verde translúcido, quase posso ver o mundo através deles.

– Ok, agora vire a esquerda... sim. – Minha confiança é refletida nos lábios dela que se mexem, silenciosamente e vagos, repetindo minhas coordenadas.

VIVA LAS VEGAS

– Aqui? Aqui?

– Sim, agora, depois do riacho, você vira à esquerda.

A complexidade de todos os resultados possíveis por cada virada, cada direção, está guardada dentro de mim, me enchendo de força.

– Mais rápido – eu resmungo. Imagino o Dart pousando, com as asas abertas, deixando tudo para trás.

– Dá para ganhar carros também. Vou tentar. – Ela passeia com a mão enquanto fala, quase esquecendo a direção. – Vamos nos livrar dessa merda. – Uma dor de estômago me faz inclinar.

– Mais rápido – eu ordeno, meu coração acelerado.

– O quê? – Ela olha para mim.

– Suco de azeitona – eu digo a ela e fecho os olhos.

– O que você disse?

– Mais rápido, mais rápido! – Eu quase grito, o vento uivando nas minhas orelhas.

– Não me dê ordens. – Ela acelera mesmo assim.

– Não vamos mais parar! – Eu rio histericamente.

– O quê? – Ela ri. Eu esfrego as mãos no meu rosto e cabelo, como se estivesse me lavando.

– Oh, você vai amar Vegas... – Ela batuca na direção.

– Mais rápido – eu sussurro.

– Mal posso esperar, juro! – Ela umidece os lábios.

– Não pare. – Eu batuco nos joelhos.

– Ei! – Ela começa a desacelerar. – Ei, erramos?

– Não! – Eu grito. Suas mãos voam rapidamente e, como um truque de mágica, transformam-se num soco e batem forte na minha coxa. Eu fico bem parado. Ela desacelera mais um pouco. As árvores dão lugar a rochas e arbustos.

– Agora, onde nós estamos? – Sua voz está controlada, não mais como a Maria do Joãozinho. Eu desdobro o mapa.

– O retorno ainda está um pouco à frente. – Eu murmuro.

– Nem tente essa porra! – Ela sacode o punho para mim.

Cuidadosamente eu dobro o mapa em sua forma retangular.

– Tentar o quê?– Eu o esfrego em meu jeans.

– Nem tente – ela olha para mim – me deixar perdida! Você ouviu?!

Viro meu rosto para ela, sorrio levemente e inspiro.

Nunca vou deixar você se perder... prometo.

– O retorno ainda está um pouco à frente – murmuro. E fecho minha janela.

Agora está passando por nós rápido demais. Não há nada sólido para nos agarrarmos ou nos escondermos, mesmo que haja mais do que artemísias, dente-de-leão ou areia plana ao redor.

Eu escorrego para trás do assento dela, para onde é curvado como um berço. Mas não consigo ficar pequeno o suficiente, porque o céu está aberto demais, sem uma sombra de nuvem para eu me esconder. E essa é a lente de aumento de Deus.

– Vê as luzes? Para lá... oh, algum grande apostador terá sorte, tanta sorte.. – Ela batuca no painel.

Eu me enrolo ainda menor, segurando o meu mapa dobradinho, que não é mais necessário.

– Oh, não um cowboy bêbado como Duane. Lembra-se dele? – Ela ri. – Não, estou me tornando uma profissional em casamento! – Ela manda um beijo. Eu coloco a mão na alavanca que abaixa seu banco.

– Vou pegar outro papai! Hora de ser mimada – ela murmura. – Já está na hora, creio eu.

Eu encosto minha cabeça no couro falso atrás do assento, e consigo sentir a pressão das costas dela.

– Aposto que você está com fome! – Eu viro a cabeça para sentir o cheiro nauseante de Naugahyde.

– Você já devorou seus donuts? – Eu rio para mim mesmo e procuro embaixo do assento. Eu trago uma gordurosa rosquinha de geléia amassada, parece um alvo de treinamento de tiro. Meu estômago ronca com o cheiro pegajoso dela.

VIVA LAS VEGAS

– Por que você não comeu? Deve estar com fome. – Eu a escuto ajustando o espelho para me ver. Eu mantenho a rosquinha levantada.

– Está com fome? – Eu sacudo a rosquinha dizendo que não.

– Aposto que está. – Eu sacudo novamente, não, e sinto meu estômago doendo.

– Bem, estou faminta! Um grande e suculento hambúrguer é o que eu preciso, batata-frita, muito ketchup... hum, que tal?

Eu fecho meus olhos e presto atenção, como um soldado pisando entre minas terrestres antes de sua batalha, e com a mesma velocidade, termina.

– Sente-se, vamos, levante-se!

Ela não está mais pedindo.

Eu subo no banco e olho para o mar de areia branca, como uma foto super-exposta. Não há nada para eu me ancorar, para parar o que está acontecendo.

– Daqui a uma milha há um restaurante. – Ela diz, desinteressada. Eu vejo seus olhos no espelho, olhando para a frente, repletos de Vegas. Eu abro as pernas. Ela coloca uma fita cassete.

– Oh, eu amo essa música – ela diz. – Dead Kennedy's, yeah!

Ela começa a cantar.

– *Bright lights city*[1].

Eu levanto o quadril do assento.

– *Gonna set my soul...*

Eu a vejo pelo espelho, balançando a cabeça, parecendo uma criança perdida num sonho.

– *Gonna set my soul...*

Eu alivio meus intestinos.

– *On fire...*

Eu espero, sem piscar, olhando no espelho.

---

[1] Tradução da letra: "Cidade de luzes brilhantes, vou botar fogo na minha alma, viva Las Vegas."

– *Viva Las Vegas, Viva Las...*

Ela cheira o ar.

– Você peidou?

Ela olha para mim através do espelho. Eu sorrio.

– Que p...?

Ela funga alto.

– Você não fez essa merda!

Eu me lembro de uma cena de um filme em que um homem coloca a mão sobre uma chama para provar que vai suportar o que for necessário por lealdade.

– Seu filho-da-puta do mal!

Eu coloco a mão sobre meu quadril enquanto ela se vira para mim, ainda dirigindo, seu braço livre passa por cima do banco.

– Tenta estragar tudo, tudo! – ela soluça enquanto seu punho acerta minhas pernas, peito e estômago. – Você sempre tenta, sempre!

Eu continuo rindo, sentindo algo sólido, nos capturando, prendendo ela a mim.

– Eu sacrifiquei tanto por você. – Lágrimas caem dos olhos dela. Eu me aproximo, para que ela possa me acertar melhor. Eu mordo os lábios para não rir.

– Seu bastardo de merda! – Ela continua dirigindo, ranho e lágrimas caem enquanto ela balança a cabeça para mim e para a estrada, sua mão me batendo.

– Tentei tanto, perdi tanto. – Uma risada escapa de mim e de repente o neon branco do Dolly's Diner brilha através do pára-brisa, enchendo o carro e pegando o punho dela, no meio do caminho, como um projetor queimando um frame de filme.

Silenciosamente, ela se acalma no banco. Limpa o nariz na manga e pára no estacionamento. O ruído das rodas na estrada parece alto demais naquele silêncio. Eu ainda rio. Ela estaciona na sombra.

– Aposto que você está com fome. – Sua voz é doce, mas fria, com todas as rugas anteriores passadas a ferro.

VIVA LAS VEGAS

Ela sai, abre o porta-malas, pega algo dentro, vem para o meu lado e abre minha porta.

– Querido, vá se limpar. – Sua mão bate na minha cabeça, cada toque rápido demais para ser sentido. Ela me passa sua sacola.

– Aqui tem dez dólares, compre hambúrgueres, querido. – Ela funga, limpa o nariz novamente e passa a nota para mim. Ela olha para longe. Eu coloco minha mão na dela. Ela deixa a mão aberta. Eu piso no cascalho cinza e olho rapidamente para os olhos dela, que olham em frente para as luzes de Vegas.

– Só estou indo colocar gasolina em Chevron. – Ela faz um movimento com a cabeça. Sua mão sai da minha e ela bate na minha cabeça me empurrando para frente.

– Vá comer.

Roboticamente, eu caminho. Ela murmura enquanto entra no carro. Eu continuo me movendo, ainda rindo. A ignição é ligada. Vejo pessoas conversando, rindo, comendo através das janelas acesas. A meleca dentro da minha calça desce enquanto eu caminho.

Os pneus se viram, o cascalho estala. Um garoto se enche de bolo. O barulho das rodas chega ao asfalto.

Eu me viro, riso congelado no meu rosto, vejo o carro cantando pneus.

Coloco minhas mãos nas costelas, como se eu estivesse me agarrando na beira de um precipício, enquanto as luzes laranja da traseira do carro se afastam. E de repente eu corro até a estrada, sem respirar, enquanto as luzes brilhantes aproximam-se do Chevron e rapidamente voam, como espíritos desencarnados.

Vejo o brilho vermelho diminuir cada vez mais. Até que desaparece.

METEOROS

– **Está tentando** ser acertado por um meteoro?

Eu aceno que sim e dou alguns passos para recuperar o equilíbrio, porque meu rosto está virado para cima, paralelo ao céu de planetário do deserto.

– Eu disse, está tentando? Não acho que esteja tentando.

Eu a escuto se mexendo encostada ao carro, cheia de ressentimentos. Evito olhar para sua silhueta preta na escuridão que nos envolve.

– Sarah, estou tentando. Eu juro.

– Ele não vai casar comigo se você não consegue nem fazer isso. – Ela ajusta seu corpo com um pulo.

– Vai usar um vestido branco, Sarah?

– Hein?

– Nos últimos casamentos você usou roupas normais. Eu acho que ele gostaria de te ver num vestido branco, não acha? – Escuto o barulho familiar das chaves do carro raspando na pele dela.

– Vestido? O que, como um vestido de casamento?

– Ele parece ser desse tipo. – Eu chuto a areia à minha volta.

– Ele vai me carregar até o quarto também. Sei até em qual suíte no Mirage.

Enquanto as chaves coçam mais rápido, eu imagino que posso ver a pele de seu braço descascando, como lascas de chocolate.

METEOROS

– Oh, vi algo riscando o céu! – Eu aponto com o braço inteiro.

– Se esforce para que te acerte. Você deve se deitar. – Ela diz. – Então haverá mais lugar para ser acertado.

Dou grandes passos pomposos, meu corpo inclinado para trás, para me expor mais ao céu.

– Viu? – Sei que ela está olhando para cima. – Está vindo, acho. Talvez eu deva entrar no carro, para que não me acerte por engano. Tem de acertar você.

Eu a escuto abrindo a porta do carro, entrando atrás e fechando a porta. Ela fala da janela:

– Se eu estiver inconsciente, como ele vai se apaixonar?

Nós paramos numa estação para turistas no meio do Vale da Morte para pegar água e suprimentos. Estamos indo para Vegas. Ela vai fazer shows, com seu próprio camarim e tomates cereja com molho ranch depois de cada show.

Ele estava de bermuda bege, comprida e respeitosa. Estava de costas para nós. Os pêlos dourados na sua perna brilhavam quando ele andava, como se alguém tivesse colorido fora das linhas. Seus ombros eram largos e se mexiam enquanto ele falava calorosamente sobre meteoros. Sarah se mexia nervosamente e juntou-se aos turistas para ouvir a palestra dele. Os olhos dela ficaram vermelhos quando ela viu seu rosto e eu percebi que ela havia escolhido mais um. Eu olhava para as mãos dele, que balançavam enquanto ele falava. Dedos bronzeados, brutos, sem anéis. Os lábios dela se abriram admirados.

– Como snowflakes, você não vai encontrar dois meteoros completamente iguais, mesmo se você estiver lidando com os mais comuns, da classe L6.

Sua cabeça balançava rápido enquanto ele falava:

– Em cada meteorito, pegamos pistas e mais informações sobre o início do nosso sistema solar. – Ele desenhou um largo arco-íris no ar. – Eu nunca me canso de ver novos meteoros.

Alguns caras no fundo da platéia se viraram para olhar Sarah. Ela balançava seu cabelo sobre os ombros como um cavalo balançando o rabo. Ele não parecia notar.

– Se algum de vocês quiser segurar um meteoro de verdade – ele disse enquanto começava a abrir caixas, como as de sapato, cobertas com panos, num display de vidro perto dele. – Eles não mordem. – Deu uma pequena risada.

Sarah foi empurrando até a frente e sua mão estava na caixa antes dele terminar.

– Oh – ele disse – aí vai você.

– Essa é a pedra mais bonita que eu já vi. – A voz de Sarah ecoava dolorosamente.

– Não é uma pedra, você está com um condrito, um dos mais comuns subtipos de meteoritos.

– Comum? – Ela levantou um pouco a voz.

– Bem, sim, há côndrulos dentro, inclusões de silicato

– Por favor, me dê um meteorito incomum. – Ela estendeu sua palma aberta. O meteorito rejeitado no meio. Ele pausou, balançou a cabeça como um cachorro numa convulsão.

– Posso pegar um? – Uma garotinha levantou a mão.

– Sim, claro. – Ele pegou o da Sarah e colocou na mão da menina. Sarah ficou com a mão estendida. Sacudiu para lembrá-lo.

– Hum, ok, bem, nenhum meteorito é realmente incomum. – Ela balançou a mão novamente. – Mas, ok, bem... – ele se voltou para uma caixa. – Palasitas. – Ele colocou com cuidado uma rocha brilhante e metálica com cristais verde-amarelados.

– Raro. – Ele disse. – Considerado um dos mais bonitos. – Ela assentiu, aprovando. – Este foi polido – ele disse, então limpou a garganta e anunciou para o grupo. – O mineral olivina torna o verde amarelo. Aqui, todos podem pegar.

Ele continuou falando dos meteoritos mesmo com as crianças jogando-os sem cuidado de volta na caixa e correndo em volta gritando sobre os ossos de velhos pioneiros mortos. Ele não parou, mesmo quando ficaram só algumas pessoas no grupo, bocejando alto. Sarah nunca saiu do lugar, mesmo com as crianças a empurrando. Quando um menino ficou na frente dela, ela colocou sua mão firme no ombro dele e o empurrou para o lado. Durante a palestra, Sarah virou sua cabeça bruscamente para me procurar, num canto. Ela fez sinal para eu vir pegar um meteorito. Eu andei lentamente pelas pessoas e fui até as caixas. Peguei cuidadosamente uma rocha e mantive o olho na Sarah. Geralmente ela não gosta que eu esteja por perto quando ela está paquerando.

– Gatos não gostam de ser bichos de estimação quando estão comendo, gostam? Não gosto de você se esfregando em mim quando estou paquerando. Além do mais, ele pode não gostar de crianças.

Eu olhei para o pretendente. Ele tinha um visual dúbio que poderia parecer solene ou desinteressado, se não fosse pelo seu nariz, que era muito pontudo e empinado. Isso valorizava seu rosto de uma forma amistosa. Eu sei que, se não fosse por seu nariz, Sarah nunca teria se interessado por ele.

Quando ele terminou, apenas dois aposentados sobraram, além de Sarah e eu. Eles o agradeceram e, antes que ele pudesse impedi-los, arremessaram seus meteoritos na caixa. Sarah olhou para mim novamente e deliberadamente passou seus dedos em sua boca. O sinal que ela fazia para eu roubar nas lojas. O olhar ninguém-está-olhando-então-coloque-embaixo-da-camiseta. Eu não tinha certeza no começo sobre o que ela dizia para eu roubar. Olhei ao redor procurando uma carteira que alguém podia ter perdido. Ela esfregou a boca de novo, mas pareceu mais com um sinal de "feche a matraca". Tudo o que vi perto de mim no display de vidro eram alguns dos meteoritos que alguns dos turistas entediados haviam pego. Coloquei minha mão sobre eles. O rosto dela estava virado para o guia, mas ela me fez um pequeno sinal com a cabeça. Fechei minha mão neles e os coloquei junto a um que eu já tinha no meu bolso.

Sarah foi para o banheiro assim que ele terminou. Nosso guia limpava com carinho cada meteorito com uma flanela e os colocava de volta em caixas de madeira. Eu fiquei virado de lado, para que ele não percebesse o volume nos meus bolsos.

– O Vale da Morte recebeu este nome pelos garimpeiros, muitos dos quais morreram cruzando o vale durante a Corrida do Ouro da Califórnia, em 1849 – a voz de outro guia ecoava em outra sala. Quando os meteoritos estavam quase todos guardados, Sarah saiu do banheiro, com as linhas rosadas de seus lábios carnudos redesenhadas, e eu podia ver que ela havia molhado e passado mousse no cabelo, secando-o nos secadores de mão para maximizar seu volume. Ela havia enrolado sua bermuda o máximo possível, até ficar apertada na coxa, e sua camiseta estava levemente úmida.

– É o truque da camiseta molhada – ela me disse uma vez. – Nenhum cara consegue resistir a uma garota que parece que acabou de ganhar o concurso. Eu apertei meus mamilos o bastante? Eles aparecem?

– Você acha que seremos atingidos por um meteoro? – ela disse antes mesmo da porta do banheiro se fechar atrás dela.

Ele se virou surpreso, então feliz que alguém tinha algo a perguntar. Levou alguns segundos para ele perceber quem estava perguntando. E quando ligou a voz ao corpo que se aproximava rapidamente, ele piscou como se alguém balançasse a mão muito perto de seu rosto

– Tenho medo de ser atingida por um meteoro – Sarah havia escolhido o sotaque das damas do sul. Ela abanava com as mãos, fazendo seu cabelo flutuar como tentáculos. Ele parou de piscar, virou-se para uma caixa e procurou dentro. – Eu tenho um condrito MBale.

– Oh, Deus – Sarah suspirou e passou os dedos sob seus cílios pintados.

– Aqui. Aqui. – Ele tirou uma pequena rocha cinza. – Nós pegamos mais de mil espécies, foi uma grande queda! – Ele olhou para a pedra.

Ela se aproximou, encostando-se nos ombros dele para ver a pedra. – Hum – ela murmurou e lambeu seus lábios. Ele deu um pequeno passo para longe dela. Ela se aproximou novamente.

– Em Uganda, um garoto foi atingido na cabeça. – Ele disse, olhando para sua caixa. – Eu tenho mais daquela queda em algum lugar.

Eu coloquei minha mão no meu bolso.

– Atingido na cabeça? – Sarah exclamou. – Deus tenha piedade! – Ele se afastou, com rápidos passinhos, e colocou a pedra em sua mão para mostrar a ela, ou para fazê-la parar de se aproximar. Ele acenou para a rocha. – Bem, a espécie foi desacelerada por uma bananeira, então o acidente não foi grave.

– Obrigada, Senhor, pela natureza da África – Sarah suspirou. – Mas aqui, no deserto, sem nenhuma bananeira, temo por nossa segurança.

Ele deu outro passo atrás.

– Ah, asseguro a você que ser atingido por um meteorito é extremamente raro. Eu adoraria conhecer esse garoto. – Ele ficou olhando para a pedra em sua palma e para a caixa com pedras. – Eu sempre sonho em visitar Uganda para examiná-lo.

– Eu adoraria ir com você para Uganda.

Ele olhou rapidamente para ela, com as sobrancelhas levantadas, então respirou rapidamente, mas soltou o ar como um pneu furado; soltou uma breve risada.

Ela balançou o cabelo, sorriu e estendeu a mão.

– Meu nome é Caitlin. Há algum lugar por aqui onde a gente possa tomar algo?

Ele fez cara de quem tinha levado um soco. Depois de hesitar por um segundo, cumprimentou a mão dela. Ela segurou balançando.

– Caitlin – eu disse para mim mesmo baixinho, para ter certeza de que me lembraria. Eu queria que ela dissesse qual era meu nome, para que eu pudesse saber se seria menino ou menina, e como eu deveria me mover.

Ele deixou que ela ficasse com sua mão e ficou olhando para suas pedras.

– Eu adoraria uma cerveja gelada, você não? – Ela riu.

Pela primeira vez ele olhou para mim, como se pedisse ajuda.

– É meu irmão, Richard. – Ela apontou para mim com a mão livre. Ele assentiu e sorriu calorosamente. Eu assenti de volta.

– Richard – eu sussurrei. Já tinha sido Richard algumas vezes.

Ela limpou a garganta e eu percebi que ela ressentiu nossa troca de cumprimentos.

– Eu... é... vou guiar uma excursão daqui a pouco. – Ele puxou gentilmente sua mão da dela.

– Ótimo – eu nunca me canso de meteoros – ela disse, apertando a mão dele com mais força.

– Ë... é longe daqui, excursão de campo. – Ele tirou a mão com um pouco de esforço. – Preciso guardar esses aqui. – Deu a ela um sorriso tenso.

– Aqui, deixe-me ajudá-lo! – ela exclamou enquanto pegava várias pedras e as balançava.

– Não, não – ele disse, colocando as mãos sobre as caixas. – Obrigado. Obrigado. Eu faço isso. Mas obrigado.

– Ok – ela riu, como se ele estivesse sendo tolo.

– Vamos acampar esta noite. – Ela começou a batucar com as unhas rosas no vidro.

– Legal. – Ele pegou os meteoros que ela havia bagunçado e começou a poli-los.

– Bem, e se formos atingidos?

– Perdão? – Ele olhou para ela com uma expressão tão desnorteada que eu sei que ela interpretaria errado.

– Oh, você! – Ela riu, jogou o cabelo para trás e deu um giro rápido, como uma bailarina. – Você sabe que podemos ser atingidos! – Ela disse de forma sexy e bateu com a mão no vidro com tanta força que ele e os meteoritos pularam. Ele pegou suas caixas para que não caíssem. Segurou firme. Manteve seu rosto vermelho abaixado, como se estivesse rezando com as pedras.

Ela se aproximou e fez a cascata na frente dele. Aprendeu aquilo com o strip-tease.

– Você se inclina para trás, levanta seu cabelo e deixa que ele caia como uma cascata até as costas. Daí você recebe o dinheiro de um homem mais rápido do que sua ex-mulher.

Quando ela saía, eu colocava uma peruca de esfregão e treinava a minha cascata.

Eu engoli.

– Acho que este é um bom lugar para esperar.

Ela não disse coisa alguma. Esperamos mais vinte minutos, até que uma outra guia com um rosto de escavadeira perguntou se a gente precisava de algo.

– Onde ele está? – Sarah sacudiu o cabelo em direção à porta de empregados.

– Quem? – a guia perguntou.

– O homem dos meteoros! – ela disse, preocupada.

– Jim? Jim já saiu faz um tempinho. – Ela sorriu.

– O que quer dizer com "saiu"? – Sarah sugava seu lábio inferior entre seus dentes.

– Ele tem uma excursão para o Scotty's Castle. Ele partiu. Posso te ajudar em alguma coisa?

– Ele acabou de pedir para eu ficar com ele aqui no Vale da Morte. – Ela afirmou, como se o guia houvesse dito que a Terra era quadrada ou algo assim.

A guia sorriu bem largo e assentiu:

– Bem, estamos fechando, então, se eu não posso te ajudar em nada, vou ter de pedir que saia.

Eu vi a raiva passar pelo rosto dela e sabia que estava prestes a bater na mulher, então fiquei pronto para correr e segurar seu punho, mas ela balançou a cabeça violentamente, como você faz numa lousa mágica Etch-a-Sketch e sorriu para a guia. – Ok.

Ela se virou e deixou a estação. Eu a segui.

De certa forma, o ar quente ainda me faz sentir terrivelmente solitário e pequeno. Apenas o seu silêncio me faz ouvir o mundo inteiro e como estou exposto nele.

Ela apertou os olhos no amarelo alaranjado do pôr-do-sol e ficou lá.

– Que bom que é outono – eu disse de repente. – No verão, já chegou a fazer 54 graus – Ela assentiu e eu me entusiasmei. Continuei. – Você vê, pioneiros morriam de sede, depois de percorrer tanto tempo sem nada, e então eles viram essa água toda e acharam que estavam salvos.

Ela se virou e viu a estação sendo trancada.

– Mas quando eles chegaram na água, viram que era toda salgada.

A "cara-de-pá" deu um tchau para nós enquanto entrava num jipe.

– Foi assim que o vale ganhou esse nome. – Eu me sentia sem fôlego.

– Você vai ver – Sarah murmurou apontando para a mulher. Depois se virou para mim.

– Água ruim – eu disse.

– Você vai ser acertado por um meteoro – ela disse.

Eu assenti:

– Muitos caras beberam a água. – Ela se virou e andou em direção ao carro.

– E morreram. – Eu a segui.

O primeiro meteorito passa de raspão no meu rosto e faz cócegas, mas eu fico dormindo, sentado, apoiado ao pneu do carro. Sonho que estou sendo atingido no rosto pelos testículos queimados que caem de um carvalho.

– Essas são as bolas petrificadas do mestre crank. – Sarah disse enquanto apontava para as bolotas peludas marrom-claro que se espalhavam abaixo da árvore.

– São seus órgãos internos. – Ela disse, apontando para as folhas sob nossos pés, que pareciam fígados achatados. – Olhe para cima. – Os galhos retorcidos se espalhavam como uma rodovia de veias naqueles bonecos transparentes que mostram o corpo humano, que eu sempre gostei. Eu assentia para o lado sangrento disso. Ela anuiu e fez sons de "ts, ts" com os dentes.

– Quando você encontra um carvalho, você sabe que em seu lugar houve um laboratório de drogas que explodiu. É assim que eles crescem nessas bandas. É um aviso, e se você não dá atenção – ela disse, fechando os olhos como uma cigana – ele te amaldiçoa, ao invés de te proteger. – Ela andou até a árvore preta retorcida e começou a acariciá-la. – Viu, se você fosse uma menina, agora você poderia ter certeza de que nunca morreria num incêndio de laboratório clandestino. – Ela tirou as calças e esfregou a vulva nua na árvore como se tivesse se limpado com urtiga por engano. Eu me levantei e comecei a baixar as calças para fazer o mesmo. Ela me mandou embora.

– Não, esses porras não têm mais drogas. Esses porras foram queimados vivos e tiveram os globos oculares fervidos e agora estão aqui, nesta árvore! Você acha que eles querem você? Você vai encher o saco deles! Eu satisfaço o desejo deles por boceta, e em troca os espíritos se certificam de que eu nunca vou me queimar num laboratório nem ter meus olhos fervidos!

– Não quero ser queimado vivo e ter meus olhos fervidos – digo, tentando me esfregar no carvalho que parece ser de pele queimada.

– Esqueça. – Ela me empurra com força. – Você já era.

O segundo meteoro me acerta na cabeça com um golpe forte, me acordando dos meus sonhos. Eu balanço a mão sobre minha cabeça para protegê-la dos testículos que caem.

– Está sangrando? – Sarah pergunta. Posso ver sua forma vagamente à distância de um corpo de mim, no escuro. Coloco a mão no meu cabelo e vejo se está molhado.

– Acho que não – esfrego os olhos.

– Merda, não consegue encontrar um desses meteoros? Acabou de bater na sua cabeça. Não acho que foi muito longe.

– Fui atingido por um meteoro? Eu pensei que eram bolas! – Animado, passo as mãos na areia fria ao redor das minhas pernas. De repente, ouve-se um barulho alto na porta do carro perto do meu ombro, me fazendo saltar.

– Porra! – ela grita.

– Você está jogando eles de novo? – Eu pergunto baixinho.

– Você dormiu. Não se importou realmente em ser atingido por um meteoro ou teria se esforçado mais.

Eu a escuto xingando em meio aos assustadores ruídos da noite no deserto, insetos que cantam, roedores que se escondem e coiotes que choram. Tudo soa alto e próximo demais e o céu repleto de estrelas parece redondo e baixo demais para que não estejamos realmente trancados num lugar como um pequeno quarto esquisito.

– Meteoros não funcionam – eu digo muito baixo no quarto. – São pequenos demais para me machucar.

– O que? – Ela pisa firme.

– Encontre uma rocha grande. Posso ser atingido por uma dessas. Ele nunca saberá o que foi realmente. Será como na África. – Escuto os pensamentos dela, roendo suas unhas, fazendo pequenos sons de papel rasgado.

– Acha que vai funcionar?

– Melhor do que reservar uma suíte nupcial no Mirage – digo a ela.

Decidimos que era melhor que eu fosse atingido no carro, para que ela não tivesse que me carregar para dentro dele se eu apagasse. Ela esticou uma toalha de praia para não sujar o interior de vinil. Deitei de bruços, com minha cabeça quase saindo pela porta. Achamos uma rocha de um tamanho bem bom. Um pouco maior do que uma bola de *baseball*. Ela precisou treinar um pouco, rachando o pára-brisa, acertando no assento e nas minhas costas, antes de me acertar em cheio.

METEOROS

– Oh – eu disse. E tudo ficou escuro.

O céu é azul. Como num hospital. Há algo grudento nos meus olhos, nublando tudo. Tento me mover e não consigo. Procuro uma enfermeira.

– Não devia ter acordado ainda.

Tento levantar minha cabeça, mas só consigo colocá-la para o lado. Quero uma enfermeira. Uma legal, com unhas curtas e não pintadas, porque são essas que costumam segurar sua mão e acariciar sua cabeça.

– Volte a dormir. – Sarah sussurra furiosamente.

Quero que a enfermeira diga a Sarah para esperar lá fora, como elas fazem nas novelas. Viro a cabeça para achar uma enfermeira.

– Feche os olhos de novo! – Sarah grita.

Eu tiro a meleca dos olhos, para ver melhor.

– Não, não. Você está limpando o sangue! Você fica melhor com ele. Pare!

A mão dela segura a minha.

Eu olho além do rosto assustado de Sarah e vejo as montanhas do Vale da Morte.

Viro minha cabeça para o outro lado e vejo meu reflexo turvo na porta do Centro de Visitantes do Vale da Morte.

– Ele vai chegar a qualquer minuto. Eles abrem a qualquer minuto! Espere até que ele veja você! Senhor, mal posso esperar. Ele vai ficar tão impressionado. – Ela se joga ao meu lado e sussurra, mesmo que não haja ninguém por perto, até onde eu sei.

– Lembre-se, estávamos acampando e então, bam! – Ela grita na minha orelha. – Esse meteoro atingiu você.

Ela abre a mão e mostra um dos pequenos meteoros que eu roubei, enfiando na minha cara como sais de cheirar.

– Pegou?

Minha cabeça parece inchada por dentro e eu consigo ver as batidas do meu coração. A meleca ainda cai dos meus olhos e queima. Eu limpo de novo.

– Pare! – ela grita. – Você vai estragar isso também? Depois de todo meu esforço?

Lentamente eu sacudo a cabeça dizendo que não. O concreto abaixo de mim está gelado, mas agradeço por não estar quente. E se eu fosse atropelado por uma carroça fugitiva ou escapelado por índios nas montanhas e tivesse de esperar no concreto pelando de quente fora do centro de visitantes e só tivesse água salgada para beber?

– Com sede – eu digo.

– Você também vai ficar impressionado. – Ela coloca o meteoro no meu rosto. – Viu? – Eu pisco para o vulto da rocha. – É sangue! Eu enfiei isso na sua cabeça para parecer que te acertou. Você nem pensou nisso.

Ela fecha a mão com a pedra como se eu fosse tentar agarrar dela. Eu olho para as montanhas nebulosas e vejo uma tropa de pioneiros desidratados lutando para cruzar as cordilheiras.

– Fomos atingidos! Fomos atingidos! – Escuto Sarah gritando entusiasmada. Não tento abrir os olhos. – Venha cá! Venha cá!

Uma porta de carro se fecha com aquele tinir que parece tão definitivo. – Fomos atingidos! Viu, eu sabia que seríamos. Te disse, não disse? Não disse? Escuto os passos suaves da bota dele, hesitante como um cervo, se aproximando de nós.

– Olhe aqui. Viu? Tenho um meteorito para você! – Ela grita para estimulá-lo. – Acertou ele (sic)! Bangue! É só perguntar. – O pé de Sarah pára ao meu lado. – Diga a ele. Vá, Richard, diga a ele o que aconteceu.

– Jesus – eu escuto o guia dizer.

Sarah me cutuca com mais força.

– Diga a ele!

– Fui atingido – murmuro e meio que abro os olhos

– Ele foi atingido – Sarah se orgulha.

– Você anotou a placa do carro? – Eu o vejo chegar mais perto de mim.

METEOROS

– Placa do carro? Você está brincando? Não tem placa num meteorito! Te disse! Fomos atingidos por um meteorito!

– Foram atingidos por um meteorito – o guia repete e se inclina para perto de mim. Tento sorrir, acenar, mas minha cabeça apenas balança e meu braço cai no concreto.

– Aqui. Olhe o que veio caindo do céu acima de nós e o acertou na cabeça. – Ela passa para ele a pedra.

Ela dá um pulinho para ficar mais perto dele.

– É o sangue dele! – Posso imaginá-lo de pé sobre mim, virando a pedra em sua mão. – Igualzinho a Uganda – ela diz. – Bateu num cacto, em vez de uma bananeira.

– Esse é um L6 condrito – ele diz.

– Exatamente – ela diz.

Ele o limpa em suas calças caqui e fica com uma manchinha marrom. – Esse não é fresco. – Ele balança a cabeça.

– Agora você não precisa ir para a África! – Sarah diz e se aninha nele.

– Não há matéria fundida.

– Claro que há – ela ri.

– Haveria uma fusão da crosta.

– Posso pegar uma suíte no Mirage para nós – ela sussurra alto em seu ouvido.

– Esse foi polido – ele diz.

– Vou fazer shows e ter meu próprio camarim – ela diz.

– Vou chamar ajuda pelo rádio – ele diz.

– Sou fácil de carregar – ela diz.

– Não vou mexer nele – ele diz.

– Pela porta do quarto, tolinho – ela diz e bate na bunda dele.

Ele anda rapidamente e ela o segue. Eu fecho meus olhos e sonho com bananeiras hemorrágicas caindo à velocidade da luz.

– Consegue abrir seus olhos? Richard, abra os olhos. – A voz é bem severa, meio como uma professora brava quando você adormece na sala de aula. Eu abro os olhos.

– Muito bem, Richard. – Um homem se inclina em minha direção. Não é o guia. – Tente ficar acordado comigo, ok?

– Sou o Dr Peterson. – Ele fala como se eu estivesse a uma milha de distância dele, em vez de deitado bem em frente, e ele sorri largo demais, sua boca parece com um coiote de desenho. Seus olhos são pequenas gotas de limão por trás de óculos grossos, fundo de garrafa. – Você tem um belo machucado aqui, um bom número de pontos e o que parece com uma concussão. – O doutor acena para mim; eu aceno de volta, para não parecer mau-educado.

– Quer me dizer o que aconteceu? – ele diz.

– Fui atingido por um meteorito – digo, surpreso por minha própria voz.

– Não, você não foi, Richard. Um meteorito não atingiu você. Quer me contar o que aconteceu?

– Caiu e atingiu uma bananeira primeiro – eu digo, enquanto ele faz brilhar uma caneta de luz perante cada um de meus olhos. Eu tento me lembrar quem é Richard. Acho que é o guia.

– Sabe onde está sua mãe? – ele pergunta e continua colocando a luz em mim, como no interrogatório de um filme de espião, movendo de um olho para o outro. O pânico começa a se apoderar de mim.

– Onde está minha mãe? – as palavras correm no meu sangue como uma sonda e provocam um gosto rançoso na minha boca.

– Ela estava na sala de espera, mas foi embora e não voltou. Gostaríamos de conversar com ela. Sabe para onde ela pode ter ido? – Ele desliga a luz e pequenos pontos azuis e vermelhos nadam como peixes no aquário através de seus grandes óculos.

– Ela está com o Richard – eu murmuro. Ele assente.

– Quantos dedos estou mostrando? – Ele mostra três dedos que parecem com uma arma.

– Bangue – eu digo.

– Richard! – Ele estala os dedos e soa como o professor bravo novamente.

– Quantos dedos? Hein? Consegue ver? – Ele faz o sinal da paz.
– Ok – eu digo.
– Ok o quê? – ele pergunta.
– Ok, trégua – eu digo.
– Sabe onde sua mãe está? – ele diz.
– Ela não está com o guia? – eu pergunto.
– Não. – Ele diz.
– Está sozinha? – eu pergunto.
– Não sei – ele diz.
– Ela não está casando com ele?
– Ligue-me com o Serviço Social – ele diz por sobre o ombro. – Você não sabe onde ela está, sabe?

Eu balanço a cabeça afirmando que não e fecho meus olhos na frente do Dr. Peterson, que parece que está num show de jazz, estalando os dedos freneticamente no meu rosto. Eu me encosto na brancura do travesseiro, com minha cabeça inchada. As luzes extravagantes de Vegas começam a piscar em volta de mim como uma ambulância. Sinto frio quando as pessoas passam perto de mim, mas então eu a vejo. Sarah, sorrindo. Ela mergulha um meteorito no molho ranch e passa para mim, esperando eu morder.

RUA NATOMA

Parece que fui empurrado por trás e escorreguei na ladeira da rua Natoma que parece uma rampa para outro mundo. Todos os prédios são baixos e amontoados ao meu redor. Fábricas exploradoras com portões pesados, cortiços abarrotados, janelas repletas de Papais Noéis empoeirados e neve falsa acinzentada, antigos matadouros com maçanetas enferrujadas se projetando sobre mim. Vejo minha sombra passar por baixo de tudo isso, projetada pela luz cor-de-mijo da rua, e escorregar ilesa entre cacos de vidro verdes e brancos, gastos por rios de urina. Atrás de mim, em algum lugar, está o som que parece chuva, da janela de um carro sendo quebrada; na minha frente, o crunch sob meus pés me faz avançar. Eu viro minha cabeça para ouvir o sangue na minha própria orelha. Tudo o que escuto e sinto é a dor do frio.

A porta de metal brilha na minha frente como um machado numa chama, e o som do meu punho batendo na porta ecoa através de mim pela rua Natoma. Cada segundo de contato com o metal congelado é como um choque tentando me acordar ou me parar, mas tudo o que passa pelo meu sangue é velho e mecânico demais para evitar. Fico parado, esperando, olhando o delicado sopro de ar branco ao meu redor. É impressionante que tudo possa sair de mim. Logo, nada irá. Eu bato na porta o mais forte que consigo, machucando o nó dos meus dedos. Espero alguns segundos.

– Vamos...

Meus dentes estão cerrados. Chuto a porta com minha bota. Vão me encontrar caído aqui, seco e vazio, como se um vampiro houvesse me sugado. Eu chuto a porta novamente e ela treme. Sinto o pânico e o desespero se espalharem no meu estômago, enquanto meu sangue se exaure, se alimentando dele mesmo.

– Você deveria...

Eu chuto e acerto a porta de metal.

– ...estar aqui, porra! – Eu grito. Detrás de mim, uma janela se abre.

– Gente dormindo, gente dormindo!

Eu me viro e vejo um chinês careca, seu rosto é tão gordinho e espremido, parece um Buda sorridente. Luzes de Natal piscam como um strobe ao redor dele.

– Vai embora, vai embora!

Detrás de mim eu escuto os trincos e travas pesadas se movendo. Eu me viro. É como uma abertura no mundo, com carros, luzes e pessoas passando pela boca de Natoma, e eles não têm idéia de que eu estou lá, esperando.

– Maldição, você está ansioso... – A porta se abre como um cofre forte e luzes azuis refletem na calçada.

– São apenas onze e meia agora, eu não começo cedo – ele diz num tom de apresentador de rádio. Meus ouvidos martelam e eu olho para o cara de Buda, mas ele se foi, há apenas sua janela piscante.

– Venha – ele manda e eu me viro para olhá-lo, mas ele se foi também. Eu entro nas luzes azuis pela porta que é emoldurada de aço. Ela bate atrás de mim.

– Tranque – eu escuto à minha frente. Olho para o quebra-cabeças de fechaduras e travas pintadas de vermelho e preto. – A de baixo – ele diz. É uma fechadura que vai precisar de uma chave para ser aberta. Sinto um aperto no meu estômago quando vejo minha mão me trancando lá dentro.

Eu ando por um corredor estreito, não pintado, de gesso com lâmpadas azuis penduradas, como num fliperama. O chão é de concreto rachado.

– Venha! – ele diz impaciente. – Para a direita.

O corredor se abre para um enorme depósito com duas Harleys gigantes, estacionadas no meio, e um labirinto de outros corredores, escadas, salas e portas ao redor. Eu sigo as luzes azuis para um salão menor com cheiro de álcool de limpeza e mais alguma coisa que eu reconheço, mas não consigo dizer o que é.

– Por aqui.

Ele se senta numa cadeira de escritório no meio do salão, segurando duas cervejas Fosters. Estende uma aberta para mim. Vejo minha sombra como neblina preta se aproximando dele. A cabeça da minha sombra chega ao pé dele, com botas pretas de mecânico, e eu sigo sua Levi's gasta até um colete de couro que mostra parcialmente argolas de metal em seus mamilos. Seus braços são como contornos de violão ou de uma figura feminina. Evito seu rosto. Pego a cerveja.

– É... obrigado.

– Quantos anos você tem?

Ele cruza as pernas.

– Dezoito – digo automaticamente e chupo um pouco de cerveja.

Ele ri.

– Tente de novo.

Sacode as botas.

– Quinze – murmuro.

– Quinze? – ele repete. Eu sigo o chão até uma parede de tijolos à minha direita. Há coisas penduradas lá, presas na parede. Uma onda de calor me invade; eu engulo alto.

– Quinze, gosto disso.

Eu concordo.

– Mas tenho identidade falsa, pra qualquer caso.

– Que caso? Hein?

Olho para ele. As maçãs do seu rosto são bem salientes, seus lábios são pequenos, finos, enrolados para cima como jornais velhos. Seu cabelo é preto e penteado para trás. Seus olhos são de um marrom avermelhado, sangue coagulado.

– Isso é entre mim e você, pegou?

– Arrã. – Me sinto desconfortável e idiota. – Trouxe sua grana! – Digo bem alto e começo a procurar no meu bolso com a cerveja na mão. Derrubo um pouco. Ele ri e balança a cabeça.

– Desculpe... merda.

Eu levo um certo tempo para descobrir como tirar meu dinheiro só com uma mão livre.

– Loiros... – ele zomba – gênios da porra!

Ele dá um gole grande na cerveja. Passo 100 dólares para ele.

– Então, como é estar no outro lado? – Ele sorri, pequenos dentes tortos.

– Hein?

Ele pega o dinheiro e sacode, sobrancelhas levantadas.

– Tive de pegar emprestado – ele olha para longe.

– Jesus, você é rápido – ele zomba. – E pare de ficar balançando.

Eu não sabia que estava. Sinto como se meus olhos fossem telescópios, estou observando algo bem distante.

– É... sinto muito.

– Você vai sentir. – Ele sorri sarcasticamente.

– Hein? Ah... – Eu assento. – Sim. – Sinto meu rosto ficar cada vez mais quente.

Ele assente, ri e diz, como se eu não falasse inglês:

– Você está me pagando... como isso faz você se sentir? – Ele começa a abanar com o dinheiro.

– Não sei... – suspiro. Seu pé bate.

– Hum... estranho.

– Como? – Ele se inclina.

– Hum.. – eu esfrego o rosto, está vermelho.

– Envergonhado, acho. – Eu murmuro.

– Você ficaria humilhado se seus amigos soubessem? ... Ei, ei!! – Ele estala os dedos. Eu levanto o olhar.

– Pare de balançar! – Ele estica o braço e acena como se estivesse tentando mover algo na frente para me ver melhor.

– Não sei... sim... acho que sim.

Não consigo explicar. Pagar por isso me humilha e eu quero isso, preciso disso, me acalma de certa forma. Não dá para confiar em quem você não paga.

Ele suspira alto.

– Apenas sente-se. – Ele vai para trás. Eu olho em volta.

– Aqui.

– Sim... desculpe. – Meu olho esquerdo começa a pipocar. Eu me sento no concreto frio e chupo o interior da minha bochecha.

– Já ouvi sobre você – ele diz com uma risadinha e guarda a grana.

– Arrã. – Eu assento. Meu sangue corre cada vez mais rápido.

– Sem limites com você, certo? – Sua cerveja toca o braço de madeira da poltrona. Meus olhos passam de um lado para o outro, para frente e para trás.

– Nenhuma palavra de segurança, certo?

– É...

– Você agüenta tudo, né?

Minha cabeça balança que sim.

– Porque você – aponta para mim e ri – não dá a mínima, certo?

– Bem... – minha voz soa muito alta. – Eu gostaria de... é... Gostaria de, hum... gostaria... – Eu torço minha boca de um lado para o outro.

– Diga – ele diz cantando.

– É... gostaria que você... – Minha cabeça balança.

– Que eu o quê? – Ele se aproxima de mim novamente.

– Bem... fizesse, quero dizer, você sabe... – Engulo forte. – Tipo assim, como... você sabe. – Meu lábio inferior começa a tremer.

– Sim – ele suspira. – Você sabe que eu faço... podemos começar? – Ele se levanta. – Não tenho a noite toda.

Dou goles grandes de cerveja e me levanto como se estivesse saindo de uma piscina e o sigo até a parede de tijolos.

– Então, do que você precisa? – Ele balança o braço como uma assistente de palco num programa de TV, mostrando a coleção de cintos, palmatórias, chicotes e açoites presos na parede. Ele sorri com orgulho.

– Não sei – murmuro.

Há uma coisa que parece com um trepa-trepa, com algemas penduradas, no meio da parede.

– O que acha disso? – Pega um chicotinho e começa a acariciá-lo. Começo a ficar doente de nervoso.

– É legal, mas é...

– Não curte chicotes, certo? – Ele coloca no lugar. Eu balanço a cabeça. Meus olhos pipocam sem parar. – Nenhum açoite?

Balanço a cabeça de novo e percebo que sob as barras de metal há um ralo.

– Olha, eu sei que falar é brochante – ele diz, como se eu não tivesse comido brócolis ou bebido meu leite ou algo assim. – Mas você vai gostar depois. – Ele bate no meu ombro.

– Não leio mentes, você sabe. Não escutei tudo sobre você. – Quero saber o que ele ouviu, mas tenho medo de que doa demais.

– Vamos. – Sua voz é suave. Ele se mexe e coloca a mão atrás do meu pescoço, massageando levemente.

– Deixe-me ajudá-lo – ele sussurra na minha orelha e eu sinto tudo derreter. – Deixe-me ajudar.

– Aquele – eu digo baixinho, aponto com cabeça.

– Este? – Ele aponta. Eu assento e olho para o ralo.

– Bom garoto! – Ele diz entusiasmado. Eu devia estar envergonhado, mas sinto um certo orgulho. Ele o pega, o escuto tirando da parede e tudo começa.

– Tire as roupas. Pode colocá-las naquela cadeira. – Um arrepio passa pela minha cabeça e eu fecho meus olhos. – Sim, senhor – eu sussurro e começo a tirar a roupa rapidamente.

– Isso mesmo, você me chama de senhor – ele responde. Eu o escuto mexendo em coisas, arrumando coisas. – Alguma outra palavra especial?

– Não sei. – Eu me abaixo para desamarrar minhas botas. Ele vem até mim e eu sinto sua mãos escorregando pelas minhas costas nuas, para dentro do meu jeans aberto, até a cueca.

– Você agüenta bastante, hein? – ele diz.

– Nó da porra! – Eu puxo e bato no nó apertado no topo da minha bota.

– Pai? ... Padrasto, certo? – Ele passa a mão pelas marcas e cortes nas minhas costas e bunda.

– Não consigo tirar essa porra de nó! – Eu grito e bato nas minhas botas.

– Ei! – Ele agarra meu rosto com suas mãos e se encosta em mim por trás. Eu continuo batendo. – Ei, ei, ei, ainda não, fique calmo... está tudo bem... – sua voz é suave. Escuto um gemido escapar de mim. – Está tudo bem, tudo bem, tudo bem. – Como uma cantiga de ninar.

– Por favor... – eu meio que sussurro e levo uma das minhas mãos até meu rosto que é segurado por ele.

– Diga – ele fala no meu ouvido. Tem hálito de cerveja quente e saliva. Eu levo minha mão livre à outra mão dele que segura meu rosto. Sinto ele encostado em mim por trás e me contenho.

– Diga – ele sussurra. Respiramos juntos, com ele encostado a mim, inspirando-expirando, inspirando-expirando.

– Me corrija – eu murmuro – me corrija.

– O que quer dizer? – Ele aponta para as palavras cortadas na minha barriga, bunda, coxas.

– Menino mau – eu ofego – perverso... – me sinto como se estivesse preso a um trem que corre para longe de mim, ou comigo.

– Você é um menino mau, não é? – ele diz sobre mim, apertando minha cabeça.

Eu começo a me perder.

– Pecador, não é?

Fecho meus olhos, meu estômago aperta e um arrepio corre por mim. Ele coloca os braços ao meu redor. Eu murmuro.

– Agora, me diga – ele diz baixinho.

– Me castigue – eu ofego.

– Até quanto? – Seu queixo afunda no meu ombro.

– Até eu aprender... por favor? Preciso disso, por favor? – Meu corpo sacode.

– Palavra de segurança? – ele suspira.

– Não, não, até que você tenha terminado, ok? – Apenas, ok, só não no meu rosto, ok?

– É um rosto muito bonito. – Ele bate na minha bochecha e eu tento afundar minha cabeça no seu toque.

– Sim, sim, me diga isso – eu ofego e ele se esfrega em mim com seu jeans. – Diga que eu sou bonito... por favor.. – Não posso parar.

– Você é, por isso é que eu preciso te ajudar – ele sussurra, como um beijo.

– Me salve – eu gemo e ele me aperta com força. Quero que ele nunca me solte.

– Vou salvar, seu bonitinho, convencido, malvado putinho do mal.

– Sim... por favor... sim...

Ele enfia a mão entre minhas pernas e segura meu troço.

– Me chame de senhor! – Sua voz torna-se gutural e áspera. Ele me vira rápido e com força. Tudo retorna, como se eu estivesse perdido em ondas num campo de trigo, apenas rolando, me empurrando, me acalmando, acariciando.

– Me faça chorar, eu preciso... chorar – Ele gira sua mão, com mais força.

– Senhor! – ele grita na minha orelha.

– Senhor – eu suspiro e sinto as lágrimas brotando na minha garganta. – Senhor... me abrace depois, por favor, eu pago extra, por favor, depois me abrace... – Eu sôo patético, mas não consigo me calar. – Por favor.

– Vamos – é tudo o que ele diz e tira atrás um longo canivete. Ele abre. Eu sugo o ar.

– Gosta disso? – Ele se abaixa, corta meus cadarços e me ajuda a tirar minhas botas e jeans. Ele aperta o canivete no meu troço e eu me fecho dentro de mim mesmo.

– É um troço sujo, maligno – eu sussurro. – E eu odeio! Eu odeio! – A lâmina aperta com mais força, sinto minha pele pronta para se partir, como papel. – Eu odeio, odeio, odeio! – Estou hiperventilando.

– Bem, vamos cuidar disso, não se preocupe... Vem cá.

De repente, me sinto envergonhado, exposto, idiota.

– Venha cá, agora! – Ele fica ao lado da geringonça de ferro. Eu ando como num sonho e encaro os tijolos. Estico meus braços para ele e o vejo colocar as algemas de velcro nos meus pulsos, que ficam pendurados para cima nas barras. Olho para meu peito, subindo e descendo rápido demais por causa do meu coração ou da minha respiração, não sei. Ele fica na minha frente, o cinto grosso de couro estendido, balançando para frente e para trás como um pêndulo. Ele se aproxima e levanta o cinto para meu rosto. Entro em pânico.

– Por favor, no meu rosto não! – Eu imploro. – Por favor!

– Cale a boca! – Ele traz o cinto mais berto. – Beije-o.

Olho para ele. Ele pega meu cabelo.

– Beije! – Enfia o cinto na minha boca. Cheira levemente à água sanitária. Eu começo a beijar. Me sinto aliviado e a excitação se desperta em mim.

Ele sabe. Ele entende.

– Você é uma bicha nojenta, não é? – Puxa minha cabeça para trás pelo cabelo. O cinto desaparece.

— Sim, senhor. — Meus olhos se levantam. Solta minha cabeça com um empurrão. Eu o escuto andar para trás de mim. Meu corpo está pendurado frouxo, como uma balança querendo ser empurrada.

— Você é um menino nojento, mau, perverso e pecador, não é?!

— Sim... Sim, senhor — eu corrijo e gemo, os músculos da minha bunda se contraem em antecipação.

— Diga! — ele ordena alto, detrás de mim.

— Eu sou um menino nojento, mau e perverso. — Escuto seus passos.

— De novo!

— Sou uma bicha má, senhor! — Mal consigo engolir. — Por favor, me puna... severamente... senhor. — O calor se espalha pelas minhas pernas, nos meus dedos. Nenhum som, nem mesmo sua respiração.

— Oh, Deus... por favor! — Eu grito.

— Você precisa disso, não precisa? — Sua voz está forte e firme.

— Sim, por favor. — Estou faminto, ávido.

— Você é um porco. — A palavra que alguém uma vez talhou no meu estômago. Eu congelo e sinto minha saliva azeda. Concordo com a cabeça. — Fale! — Ele grita na minha orelha.

— Sou um porco faminto, senhor! — Eu grito sem fôlego. Ele ri.

— Que lindo — ele sussurra e acaricia meu rosto. — Lindo.

Eu ofego, é perfeito. Ele se move para trás de mim e eu vejo sua sombra. Puxa o cinto para trás, como se estivesse arremessando uma bola, com o braço todo, e escuto o som familar do ar sendo atravessado e o ruído como um cimbal na minha bunda. Meu corpo balança.

— Obrigado, senhor. — Minha boca se mexe levemente.

— Tenho de punir você, não tenho? — Eu assento. Ele bate novamente. Meu corpo balança em discordância e a pele da minha bunda se contrai.

Como você pode precisar de algo que seu próprio corpo rejeita e até aumentar o anseio quanto mais seu corpo protesta?

— Aposto que você adora uma rola, não? — O cinto corta minha bunda.

— Sim. — Minha cabeça cai para trás.

— Senhor! — ele corrige. O cinto bate atrás das minhas coxas. Eu levanto a cabeça.

— Me castigue, senhor... me ensine..

— Implore. — Ele anda atrás de mim.

— Por favor, senhor... — ele ri, escuto o cinto caindo.

— Você não é digno da porra do meu tempo. — Eu o escuto se afastando.

— Não! Por favor! Deus, por favor! Não me deixe, eu agüento, por favor, Deus! — Eu o escuto abrindo gaveta. — Senhor, me castigue! — Eu uivo e balanço meus braços no trepa-trepa.

— Você não dá ordens aqui, pivete chupa-rola mimado! — Ele está próximo.

— Sim, sim, sim.

— O quê?!

— Senhor!

Ele balança algo em sua mão. Meu estômago aperta.

— Feche os olhos, viado. — Olho para sua mão fechada. — Agora, seu puto! Sua mão aberta bate forte no meu troço. Eu cuspo ar, não posso me curvar. Meus olhos se fecham firme. Ele ri. — Você não é muito inteligente, é? — Eu meio que balanço, deixando meus braços me segurarem. Sinto algo frio no meu mamilo. Tranco a respiração.

— Quer que eu te corrija? Te dê disciplina? — Sinto-o chegando ao meu mamilo, parece um grampo prendendo. — Você tem de aprender a ser obediente.

— Sim. — O calor se espalha por mim. — Por favor, senhor, quero ser seu... — Meu mamilo esquerdo se ergue ao lado do grampo. — Por favor. Eu faço qualquer coisa! — Ele fecha um grampo no meu mamilo. Eu gemo.

— Sei o que você faz, seu nojento pivete mimado, chupador de rola, menino mau. — Correntes pesadas se penduram no grampo e ele dá puxões rápidos, como se tocasse um sino. Sinto sua mão acariciando minha bochecha e eu esfrego meu rosto como um cachorro querendo carinho. Beijo sua palma, lambo.

– Diga, bonitinho. – Sinto o metal frio no meu troço. Minha mente vai longe e eu sinto sua mão batendo forte na minha bochecha. Meus olhos se abrem, surpresos. Ele está a centímetros de mim.

– Não vou marcar seu rostinho bonito – ele diz, seco. – ... se tiver sorte. – Meu rosto incha. Ele acaricia minha outra bochecha. – Feche seus olhos – ele sussurra. Escuto o barulho do metal e sua outra mão coloca um grampo no meu troço. Eu salto e grito.

– Me diga o que você é. – Ele prende outro grampo na minha bunda e continua a acariciar minha bochecha.

– Ahhhhh... uma puta suja... – quero enterrar meu rosto em sua mão enquanto a outra começa a torcer os grampos e prender outros. Como posso explicar uma dor que queima como tortura mas acaricia e excita mais do que um carinho ou beijo? Seus dedos passam pelos meus lábios, entram e saem da minha boca. Outros dedos tateam por fora. Chupo seu dedo enquanto ele tira e poe.

– Seu chupador de porra! – Ele puxa a mão e bate forte na minha outra bochecha. Parece um soco. Eu pisco as lágrimas que brotam dos meus olhos. Ele puxa as correntes.

– Me diga! Seu viadinho puto!

– Sou uma puta suja chupadora de pau... – meu peito tenta se fechar para a dor como madeira empenada. Ele anda para trás de mim.

– Está na hora de você aprender.

– Sim. – Eu fecho meus punhos no ar e abro bem meus olhos para os tijolos à minha frente. – Preciso me arrepender. – Meu sangue lateja.

– Sim, precisa, porque você tem sido um menino terrível, não tem?

– Me faça pagar, senhor – eu sussurro. Eu o escuto pegar o cinto.

– É hora de você chorar.

– Ah, ele vai chorar! – Minha mãe aperta e torce meu pulso.

– Nunca vi um ladrão, jovem ou velho, com a cara tão lavada, sem remorso – o segurança de cabelo branco diz e aponta o dedo para mim. A carne e a cerveja da minha mochila estão na mesa à minha frente. – Viu tudo pelo que você fez sua pobre mãe passar?!

A caixa loira de cabelo crespo que me pegou balança a cabeça para mim.

– Ele rouba para sua gangue de amigos maus.

– Oh, não permitimos membros de gangues nesta loja, moça. – O gerente rapidamente lustra seus sapatos atrás das calças.

Vejo minha mãe sorrindo para ele. Ela se abana com a mão. – Muito bem, senhor... – Ela cruza a perna.

– Temos serviços especiais para eles na nossa igreja, a Virgem do Amor Perpétuo e da Piedade, mas é tudo em vão, creio eu.

Ela soluça e eu não posso evitar de rir. Sua mão vem rápido e bate na minha cara. Eu mantenho a risada, mas sei que vou pagar depois.

– Sim, moça, a polícia não vai fazer nada para ajudá-la, moça, porque a idade dele... é impressionante. – O gerente se aproxima do meu rosto. Ele tem cheiro de atum e picles. – Não tem vergonha, garoto?

Minha mãe limpa a garganta.

– Ele tem sido um menino mau desde que o pai morreu, há alguns anos, sabe aquele grande incêndio? Ele era um bombeiro, em Tallahasse. – Murmúrios de simpatia. – Obrigado, que o senhor descanse sua alma. O garoto não teve o pai que precisa tanto para lhe guiar e dar disciplina.

Seguro uma risada pensando nela casada com um bombeiro. Sua mão bate no meu rosto novamente.

O gerente limpa a garganta.

– Bem, acho que essa é a melhor maneira de cuidar disso, moça.

– Mary. – Minha mãe acena.

– Mary. Howard. – Ele cumprimenta e sacode a mão da minha mãe, demorando um pouco demais.

– Howard, que pena termos nos conhecido dessa forma, mas estou certa de que isso ajudará a salvar meu menino mais do que a polícia ou eu mesma consigo.

Eu viro os olhos e resmungo. As unhas da minha mãe afundam no meu pulso.

– Você é um menino mau, agradeça ao senhor Marsh.

– Obrigado – digo secamente, e cerro os dentes.

A garota do caixa mostra os aparelhos e balança o cabelo.

– Devíamos castigar todos os ladrõezinhos como ele.

– Costumava ser assim, e raramente alguém roubava – o guarda resmunga. Eu olho para cima e vejo dois empacotadores pouco mais velhos do que eu, de olhos arregalados através de um espelho quebrado. – Bem, não há época melhor do que agora.

Minha mãe fica de pé e me empurra sobre a mesa. Meu coração bate mais forte.

– Por favor – eu suspiro.

– Oh, agora vemos o remorso – Howard caçoa. Ele abre o cinto. – Logo você vai ver lágrimas.

Minha mãe me empurra para frente.

– Abaixe as calças. – Eu olho para ela e seus olhos passam uma mensagem secreta de ódio. Ela não me disse para ser apanhado.

– Com licença – Howard diz para minha mãe enquanto tira o cinto.

Eu olho a garota do caixa mordendo os lábios.

– Oh, vou sair... – Ela começa a levantar.

– Ah, não, querida! – Minha mãe acena para ela. – Ele roubou na sua frente, então vai pagar na sua frente.

Olho para os garotos no espelho e aponto. Minha mãe sacode a cabeça e sorri levemente para mim. Sinto que todos olham e é como calor, meu corpo treme e, como Batman escorregando no seu tunel, eu de repente me transformo para agüentar o impossível. Consigo me inclinar na mesa e descer as calças. Coloco meu jeans à minha frente e rezo e rezo. Em algum momento, sinto o cinto do Howard batendo em mim, como ele fará quase todo dia como meu novo e amoroso pai, até sairmos do seu trailer e, alguns meses depois, roubarei todo o seu caixa, abotoaduras de ouro e anel.

Rezo durante minha punição. Rezo tão forte que fujo do terrível som de açoite. Rezo para que Deus, ou Satã, qualquer um que seja, não o deixe ver o quanto sou pecador e repulsivo de verdade. Rezo para que eles não vejam o que minha mãe sabe e que já me castigou por isso, mas só piora. E as lágrimas acabam vindo e isso só piora tudo.

Porque escondido no jeans abaixo de mim há uma ereção, como um emblema de culpa, querendo ser descoberto e arrancado de mim.

O cinto bate por meu corpo todo, minhas costas, bunda e coxas. As lágrimas caem e confissões de cada pecado e cada pensamento ou ação que fiz ou quase fiz escorrem da minha boca. Mas eu choro cada vez mais enquanto a verdade sai de mim. Mesmo quando ele leva o cinto para entre minhas pernas e a dor é insuportável, sou como um mosquito oportunista, sugando sangue da mão punitiva de Deus, que desce do céu. Ainda estou excitado, mesmo que meu troço há muito tenha sido curado da sua habilidade de ter ereções. Eu imploro por mais e mais, para que talvez eu possa deixar isso para trás. Mas, como minha sombra, está sempre comigo, me seguindo.

Enquanto estou pendurado nas barras, balançando, molhado e latejando, sinto o cheiro do sangue. Seu canivete no meu púbis corta como eu implorei a ele que tentasse me salvar. Uma mão acaricia, a outra corta.

RUA NATOMA

Eu me lembro que assisti Peter Pan quando era pequeno. Enquanto todos os outros garotos queriam encenar as batalhas dos garotos perdidos e dos índios, tudo no que eu conseguia pensar era na parte onde Peter Pan fica parado enquanto Wendy pega uma agulha e, com preocupação e talvez amor, costura sua sombra em seu pé. Eu me pergunto se a dor o excitava tanto quando me excitava olhar.

Fico pendurado lá, as vozes ainda sangrando na minha orelha. Vejo minha sombra, sólida como a figura de um garoto assassinado, e rezo. Talvez mais um corte, só mais um, vá separá-lo para sempre.

AGRADECIMENTOS

Minha gratidão sincera aos seguintes:

Dorothy Allison, Astor, Bruce Benderson, Jimmy Bolton, Roddy Bottom, Cara Bruce, Sophie Canade, Novella Carpenter, Caviar, Michael Chabon, Tom Cheeks #1 web designer & Bradley, Godfrey Cheshire, Dennis Cooper, Missy Cooper, Henry Dunow, Mark Ewert, Judy Farkas, Film Maker Magazine, Alice (doce teletubby) Fisher, Lee Fisher, Alona Fryman e todos da equipe da Bloomsbury, Mary Gaitskill, Steve Gallagher, Denys Gawronski, Panagiotis Gianopoulos, Jane Gilday, Jill Harris, Jordan Heller & Shout Magazine, Susan Hoffman, June Horton & Dell, Hyper PR & Jessica Hooper, Travis Jeppesen, Daniel Johns, Mat Johnson, Kai, Mary Karr, Maggie Kaso & Família, Martha Keith, Ken@Giraffe-X, Bridget & Rachel Kessler, Jeff Koyen, Lisa Keeting, Gretchen Koss, Bruce LeRoy, Mary Lee LeRoy, Courtney Love, Lydia Lunch, Colin Midson, Howie Miura, Jay Mohr, Chris Monlux, Rose Marie Morse & co, No Hands Productions, Lewis Nordan, Benjie Nycum, NY Press, Liz Ogilvie, Sharon Olds, Dr. Terrence Owens & Família, Margaret P. , Genevieve Paiement, Mike Pitt, Paige Powell, Dra. Christine Rahimi, Tresa Redburn e Dept. 56, Karen Rinaldi & Joel Rose & Co., Jeremy Rizzi, Matthew Rolston, Lorelei Sharkey, Ira Silverberg, Tim Sommer, Tom Spanbauer, Speedie, Jerry Stahl, Matthew Stadler, Lauren Stauber, Laurie Stone, John Strausbaugh, Patti Sulivan, Superdrag, Ann Sweeney, Michelle Tea, Thor, J. Tomon, Peter Trachtenberg, Silke Tudor, Univ. Dist. Youth Center, Gus Van Sant, Danielle Vauthy, Suzanne Vega, Traci Vogel, Ayelet Waldman, John Waters, Joel Westendorf, David Wiegand, Eric Wilinski, Tobias Wolff, XY Magazine, Anny Ystenes e todos os caras do Terminator 2 yahoogrooup.